Y SPA SIERRA I FABRA, J
Sierra i Fabra, Jordi
Lo demas es silencio

061818

Sierra i Fabra, Jordi, 1947-
 Lo demás es silencio / Jordi Sierra i Fabra ; ilustración Manuela Correa Upegui. -- Editora Mireya Fonseca. -- Bogotá : Panamericana Editorial, 2016.
 244 páginas : ilustraciones ; 21 cm.-- (Literatura juvenil)
 ISBN 978-958-30-5303-0
 1. Novela juvenil española 2. Delitos sexuales - Novela 3. Víctimas de violación - Novela I. Correa Upegui, Manuela, ilustradora II. Fonseca Leal, Raquel Mireya, editora III. Tít. IV. Serie.
 863.6 cd 21 ed.
 A1543559

 CEP-Banco de la República-Biblioteca Luis Ángel Arango

Lo demás es silencio

Jordi Sierra i Fabra

Ilustrado por Manuela Correa Upegui

Colombia • México • Perú

Primera reimpresión, febrero de 2018
Primera edición, septiembre de 2016
© Jordi Sierra i Fabra
© Panamericana Editorial Ltda.
Calle 12 No. 34-30, Tel.: (57 1) 3649000
www.panamericanaeditorial.com
Tienda virtual: www.panamericana.com.co
Bogotá D. C., Colombia

Edición
Panamericana Editorial Ltda.
Ilustración y diseño
Manuela Correa Upegui

ISBN 978-958-30-5303-0

Prohibida su reproducción total o parcial
por cualquier medio sin permiso del Editor.

Impreso por Panamericana Formas e Impresos S. A.
Calle 65 No. 95-28, Tels.: (57 1) 4302110 - 4300355
Fax: (57 1) 2763008
Bogotá D. C., Colombia
Quien solo actúa como impresor.
Impreso en Colombia - *Printed in Colombia*

Esta novela está basada en un hecho real, y está dedicada a la protagonista que la vivió y a todas las niñas, adolescentes y jóvenes que han pasado por lo mismo, muchas veces, demasiadas, en silencio.

DOMINGO

1

Todo el miedo que sentía se convirtió en terror al llegar a su casa.

Y la repugnancia en una oleada de asco que le produjo un primer vómito.

Lo consiguió dominar.

Se apoyó en la pared y acompasó su respiración. Tenía que tranquilizarse, aparentar normalidad, sobre todo si al abrir la puerta se encontraba a su padre o a su madre. O incluso a Herminia. Su hermana pequeña era de las persistentes, y estaba en la edad de fijarse en todo, de seguirla, imitarla, necesitarla.

Lo primero, dejar de temblar.

Se miró las manos. Debía estar aún más pálida que ellas. Después comprobó la hora. Pasaban más de quince minutos del límite, y como a su padre le diera por ponerse pesado…

Tenía que entrar.

Contó hasta diez respirando profundamente con cada número e introdujo la llave en la cerradura sin pensárselo más, porque estaba segura de que, cuanto más tardara en dar el paso, sería peor.

La alcanzó el aroma del hogar, la lejana voz del televisor, la paz y la calma de lo cotidiano, aunque ahora todo fuera tan diferente.

La vida podía cambiar en un instante.

—¿Victoria?

—Sí, ya estoy aquí, mamá.

Se apresuró en recorrer el pasillo para meterse en su habitación, a salvaguarda del resto del mundo. Pero cerrar la puerta no la aisló de sí misma y de sus pensamientos. Ni tampoco de aquellas sensaciones tan amargas.

El segundo vómito también fue detenido.

Tenía que ir al cuarto de baño y lavarse la cara.

Retirar la huella de aquel beso maldito.

Comenzó por desnudarse, por quitarse aquella ropa que nunca más iba a ponerse, en especial la camiseta, aunque era su favorita. La otra huella, la de sus asquerosas manos, también permanecía en ella. Ningún jabón ni lavadora la borraría jamás. Había traspasado la tela hasta llegar a su cuerpo, su carne, su piel desnuda...

—¡Oh, Dios! —gimió de pronto.

Y rompió a llorar.

Se abrazó a sí misma, rota, impotente, más sola de lo que jamás hubiera podido sentirse en la vida. Se abrazó hasta hacerse daño, sentada en la cama, llevando solo los brasieres y los pantis, y se miró los pies. Todo el mundo decía que eran muy bonitos, como sus manos, su cuerpo, su rostro.

Todo el mundo decía que era preciosa.

Ahora lo odiaba.

No tenían ni idea.

No quería vomitar en su habitación. No podría explicarlo. Los golpes de su madre en la puerta la obligaron a reaccionar más allá del terror. Alargó la mano para agarrar la bata antes de que ella entrara.

—A cenar.

—No tengo hambre, mamá, ya he comido algo.

La mujer se quedó en la puerta observándola. La luz no la alcanzaba de lleno, así que escondió las lágrimas y fingió doblar la ropa que acababa de quitarse.

—¿Cómo que no tienes hambre?

—Pues eso, que paso.

—No vas a pasar, y haz el favor de venir a la mesa.

—¡Mamá, que no me encuentro bien, haz el favor!

La mujer no se dio por vencida, al contrario. Disparó sus alarmas.

—¿Has bebido?

—¡No!

—Victoria…

—¡Mamá, que no, por Dios!

—Hija, que solo tienes quince años y a tu edad…

—¡Mamá, no he bebido! —La detuvo al límite—. ¡Fue solo una vez, y de eso hace tres meses! ¿Voy a estar toda la vida pagando por eso? ¡Metí la pata y se acabó!

Su madre frunció el ceño.

—¿Has estado llorando?

—No. —Se sintió acorralada.

Temió que la acosara aún más, que entrara a la habitación para verla de cerca. No estaba segura de poder soportarlo. Y ya no sabía qué hacer, salvo meterse en cama o...

—Estás insoportable, ¿sabes? —dijo su madre envuelta en cansancio—. Ya no sé qué hacer contigo.

—Mamá, déjame tranquila, ¿quieres?

Sostuvieron sus respectivas miradas. La de la mujer, mitad triste, mitad furiosa, sin saber cómo reaccionar ante su hija adolescente. La de Victoria rozando el desmoronamiento, conteniendo la histeria que la amenazaba. Una y otra resultaron derrotadas.

—Allá tú si a tu padre se le sube la mosca a la nariz y viene por ti. —Se rindió su madre.

Se fue dando un portazo.

Por lo menos Victoria sabía algo: que a su padre jamás se le subiría la mosca a la nariz, y que, de momento, lo había conseguido, estaba sola, a salvo, en su habitación.

Podía llorar toda la noche si lo deseaba.

LUNES

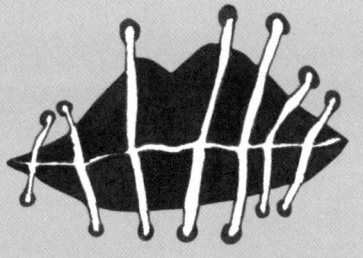

2

Los lunes el colegio era un mausoleo.

Aunque en un pueblo, por grande que fuera, la mayoría de las personas se conocían, y sabían las unas de las otras, lo primero que se hacía al reencontrarse unos y otras era pasar revista al fin de semana. Dónde, cómo, cuándo, por qué, con quién sí, con quién no. Siempre quedaba algo por agregar, por comentar, por recordar. La última llamada de la noche anterior. Las sensaciones del nuevo amanecer.

Y aquel era el peor lunes de toda su vida.

Era el día después.

Le había costado dormirse. Hasta que sus padres se acostaron no pudo levantarse para ir al baño y lavarse la cara, el torso, el vientre, los muslos... Se frotó hasta ponerse la piel roja. Pero por más que se lavó también los dientes la sensación de asco perduró, como si todavía llevase impresos en los labios aquella huella indeleble.

Después se durmió, más por agotamiento que por sueño.

Apretaba los puños, lloraba, maldecía, se agitaba. Toda aquella impotencia le mordía el alma.

Y volvía a apretarlos, a llorar, a maldecir... Luego se decía que no pasaba nada, que tuvo suerte, que lo único que tenía que hacer era pasar...

Olvidar.

Y no podía.

Lo primero que había hecho aquella mañana fue vomitar, por fin.

Libre.

Salvo por Herminia, que entró al cuarto de baño sin llamar y la sorprendió.

—¿Te encuentras mal? —le preguntó su hermana pequeña.

—¿Por qué no llamas antes de entrar? —la increpó.

—He llamado, pero no me has oído. —La niña contempló el rostro desencajado de su hermana mayor—. No serás bulímica.

—¡No, y haz el favor de callarte!

Herminia tenía doce años. Estaba justo al final de la niñez y adentrándose en la primerísima etapa de la adolescencia. Era un palillo, sin nada, así que de mayor tendría un tipazo, porque, cuanto más tardase en desarrollarse, en "llenar", mejor cuerpo tendría años después. Pero ella todavía no lo sabía, se sentía mal, inferior. Sus amigas ya presumían de brasier y ella en cambio era como los televisores de plasma: extraplana. Llevarle tres años la convertía en una referencia.

Herminia era un computador que lo registraba todo, para aplicarlo en su propio beneficio a su debido momento.

No llegaron a discutir. Luego cada cual se había ido al colegio por separado, como siempre.

Victoria contempló el edificio desde la esquina. Le pesó la mochila con los libros hasta el extremo de notar cómo se le doblaban las piernas. No llevaba piedras, pero casi.

En el alma, sí. Piedras enormes como las del castillo.

Se resignó. No tenía más remedio que ir a clase. Si pasaba sería peor. Encima se jugaba el curso. Bastante mal iba en casi todo como para arriesgarse a suspender el curso entero, meterse en el mal rollo de un verano repasando y con mal ambiente en casa.

A lo lejos vio a Toni.

Se le encogió todavía más el corazón.

¿De qué le servía estar enamorada de un imposible si ahora encima...?

—No pasó nada, no pasó nada... —Apretó los puños y las mandíbulas—. No pasó nada.

Pero, si no pasó nada, ¿por qué se sentía como lo peor del mundo?

—No es espiándolo de lejos como vas a conseguirlo. —Escuchó una voz a su lado.

Se encontró con el familiar brazo de Rosana por encima de los hombros.

—No lo espiaba —se defendió.

—Pues bueno. —Fingió rodearse de indiferencia su amiga.

—Y no me molestes, ¿bueno?

Rosana la miró de reojo. Seguía con el brazo por encima de los hombros de su compañera. Faltaban menos de tres minutos para el cierre de las puertas del colegio. La empujó con suavidad y Victoria no tuvo más remedio que ponerse en marcha.

Las dos caminaron despacio y en silencio a lo largo de una decena de metros.

—¿Te quedaste mucho rato? —acabó preguntando Rosana.

—No.

—No quería dejarte sola, en serio, pero es que...

—Da igual.

—Te fuiste con Ángel, ¿no?

—No.

—¿Ah, no?

—A última hora flirteó con alguien.

—¿Y cómo volviste a casa?

Victoria chasqueó la lengua.

—A veces pareces mi madre —protestó.

—Tres meses más que tú, recuerda.

—Entonces peor: mi abuela.

—En serio, no me hagas sentir mal, si no volviste con Ángel en su moto, ¿cómo te las arreglaste?

—Me las arreglé.

—¿Te enrollaste con alguno? —Rosana abrió los ojos.

—No.

—¿Hiciste autostop? —Se alarmó.

—¿Quieres dejar de fastidiarme?

Su amiga le retiró por fin el brazo de encima de los hombros. Estaban ya en la puerta del colegio.

—¡Vaya, que mal rollo contigo! —Se molestó por el tono de Victoria—. Si tenías que enfadarte, me lo hubieras dicho.

—No estoy enfadada.

—Pues es tu peor lunes del año. Tienes una cara…

Se encontró con la mirada furiosa de Victoria y calló de golpe. Tampoco tuvo mucho más tiempo para insistir, preguntarle o demostrarle su afecto y solidaridad. El enjambre de jóvenes de todas las edades empezó a repartirse por las respectivas aulas justo en el instante en que sonó el preceptivo timbre que daba inicio a la jornada escolar.

Victoria y su nube entraron a clase.

3

Por encima del ruido que hacían las máquinas, Ramón Mateos escuchó la voz, más bien el grito de su compañero Fernando.

—¡Ramón!

Primero miró hacia él. Después, hacia el punto que le señalaba con la mano derecha. En la escalera que conducía a las oficinas, vio a Lucas Quesada, el jefe de personal, con la mano levantada.

—¿Me llama? —Ramón Mateos lo dijo en voz baja, para sí mismo, sabiendo que era imposible que lo escuchara aunque levantara la voz, y se tocó el pecho.

El jefe de personal asintió con la cabeza.

Obedeció rápido. Se quitó la mascarilla y la dejó al lado de su puesto de trabajo. Cuando pasó junto a Fernando, alzó las cejas en clara señal de desconcierto. No recordaba cuándo había sido la última vez que alguien de arriba lo había llamado por el motivo que fuera.

Pensó en una desgracia.

Y lo ahuyentó de su mente.

Siempre su lado fatalista, siempre su pesimismo. Seguro que no se trataba de nada. Y si era algo importante, ¿por qué no podía ser bueno?

Llegó hasta la escalera. Lucas Quesada se inclinó sobre él para hacerse oír.

—¡Lo llama el señor director!

Ramón Mateos recibió la noticia sin ocultar la sorpresa que sentía.

—¿A mí?

—¡En su despacho!

Eso fue todo. Lucas Quesada subió de nuevo y él siguió sus pasos hasta cerrar la puerta superior, la que los aislaba del fragor de la fábrica. No hizo más preguntas, aunque se moría de ganas imaginando que el jefe de personal no sabría el motivo de la llamada, y si lo sabía no iba a adelantarle nada. Su equidistancia entre "los de arriba" y "los de abajo" solía ser inamovible.

Caminó por el largo pasillo apartándose de la "zona de combate", como llamaban a los distintos edificios de la fábrica, y se dirigió al "cielo", nombre con el que bautizaban a las oficinas de la gerencia. Aunque la distancia era notable y se encontraban en otro edificio, existía un puente que los comunicaba. Al salir del puente ya todo era distinto, desde las personas que trabajaban allí hasta la ambientación y la decoración. De los obreros a los trajeados, de la vulgaridad de la fábrica a los suelos enmoquetados o de madera, los despachos, las salas de juntas y, por supuesto, el verdadero cielo, el reducto final, el despacho de don Gaspar.

El dueño.

Y no solo de la fábrica, sino de medio pueblo.

Mónica ni siquiera se levantó al verlo aparecer. Le indicó la puerta del templo y nada más.

—Ah, hola, señor Mateos. Lo está esperando, pase.

Ramón Mateos se detuvo. Levantó la mano derecha y llamó con los nudillos. En ese momento, su cabeza era un vértigo. La única vez que había estado en el despacho de don Gaspar fue con motivo de una pequeña arenga dada a los encargados de las distintas secciones para pedirles que impulsaran más la producción. Eso fue hacía mucho tiempo, en los días en que los periódicos hablaban de la falta de competitividad del mercado laboral español en relación con el del resto de Europa. Don Gaspar les dijo que "tenían que estar a la altura", y los exhortó a "cumplir con el país". Es decir, con la fábrica.

—Pase, pase, ya le he dicho que lo está esperando —insistió Mónica.

Abrió la puerta y metió la cabeza por el vano. Don Gaspar estaba hablando por teléfono, sentado en su asiento, riendo. Le hizo un gesto con la mano libre para que se acercara, así que Ramón Mateos obedeció. Llegó hasta la parte frontal de la mesa y se quedó de pie, por más que el dueño le indicó que se sentara. Le hizo ver que iba sucio y lleno de polvo. La conversación telefónica tocaba a su fin.

—Bueno, hombre, bueno, tú hazme caso: propón que se desvié la carretera y ya está. Y si lo necesitas llamo al ministerio... Muy bien, de acuerdo... Bueno, un beso para Paula... Adiós.

Don Gaspar colgó el teléfono y se quedó mirando a su visitante con una distendida sonrisa de oreja a oreja.

—Ramón, ¿qué tal estamos, hombre?
—Pues... bien, señor.
—¿Y la familia?
—Perfectamente.

No entendía nada. Aquella amabilidad, el tono afectuoso, el hecho de que lo recibiera tan lleno de polvo. Pero por lo menos la cordialidad le inspiró confianza.

No pasaba nada malo.

—Buena cosa la familia. —Don Gaspar se puso de pie—. Aunque los hijos crecen tan rápido, ¿verdad?

—Sí.

—Ayer precisamente vi a su hija, por eso pensé en usted. —Frunció el ceño para preguntar—: Tiene dieciséis años, ¿no?

—Quince. Cumple los dieciséis en verano.

—Está tan mujer, tan desarrollada, y va siempre tan llamativa... Aunque debería vigilarla. —Su nuevo gesto, más que de jefe, fue de cómplice y amigo—. La recogí en la carretera haciendo autostop, y menos mal que fui yo, porque iba un poco... ya sabe. —Alzó las cejas expectante—. Pero no se lo diga, ¿eh? Si lo hace lo despido. —Sonrió lleno de camaradería—. Ni la reprenda. Sabrá que se lo he contado yo y me dejará en mal lugar.

—Claro.

—Tampoco pasa nada. Hoy en día, los jóvenes beben siempre un poquito de más. Lo malo es que hiciera autostop, porque eso sí es peligroso, aunque la distancia fuera corta.

Ramón Mateos bajó la cabeza.

—Bueno, tranquilo, confío en usted —insistió don Gaspar apuntándole con un dedo—. Y que esto quede entre nosotros, porque como se lo diga yo lo sabré. La próxima vez que me cruce con ella es capaz de voltearme la cara. —Reafirmó su sonrisa—. De todas formas ya ve, gracias a su hija pensé en usted y esta mañana he estado mirando su trayectoria en la fábrica… Amigo Ramón, creo que ha llegado el momento de un cambio.

Ramón Mateos se encrestó.

El miedo, siempre a caballo de su pesimismo natural, regresó a él los tres segundos que tardó don Gaspar en colocarse delante y ponerle una amigable mano en el hombro.

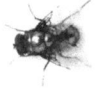

4

No lograba concentrarse. Era imposible. Por más que lo intentaba la dominaban los accesos de rabia y furia tanto como los de frustración y hundimiento anímico. Además, aquella era la peor asignatura y Carlos Gonzalo el peor profesor, o por lo menos el más duro, genuinamente de malas intenciones con gotas de probado sadismo. Desde su separación estaba todavía peor, sobre todo con la parte femenina de la clase.

Victoria miró por la ventana.

El día era precioso, una primavera hermosa y limpia. Invitaba a cualquier cosa menos a estar allí, en el aula, aguantando algo que no le importaba lo más mínimo.

Un día que parecía burlarse de ella y de su impotencia.

Había conseguido superar las dos primeras horas, pasando incluso desapercibida en ambas materias, pero ya no podía más. El reloj no se movía y...

El silencio, tan abrumador como un grito, la hizo reaccionar y volver la cabeza.

Todos sus compañeros y compañeras la miraban. A ella y al profesor Gonzalo, que estaba a su lado, con los brazos cruzados y cara de muy pocos amigos.

Se puso como la grana.

—¿Estás de vuelta, Victoria?

Había maestros que usaban el tratamiento, los llamaban "de usted". Otros utilizaban el apellido. Carlos Gonzalo tuteaba al personal y se servía del nombre de pila. Lo único predecible en él era su mala uva cuando se le torcía el gesto.

—Estaba escuchando —mintió.

—En este caso, te será fácil repetir lo que acabo de decir.

Por detrás del profesor, Rosana hizo gestos nada disimulados intentando ayudarla. Señaló una página del libro y, en silencio, moviendo despacio y exageradamente los labios, trató de hacerle llegar el mensaje salvador.

El simple desvío de los ojos de Victoria alertó al hombre.

—¿Quieres ser la siguiente, Rosana? —La previno sin moverse de su posición.

Su amiga se quedó quieta de golpe.

—¿Y bien? —continuó Carlos Gonzalo.

Victoria sostuvo su mirada. Apretó las mandíbulas y cerró las manos sobre la madera de la mesa hasta que le dolieron. Fue como si los dos llevaran a cabo un concurso de no parpadear.

—Lo llevas mal —volvió a hablar el profesor—. Peor que mal. Y lo que más me fastidia es que parece que lo hagas aposta. Si dedicaras la mitad del

tiempo que dedicas a arreglarte en estudiar, serías la primera de la clase.

El comentario era acerado, machista. Algunas jóvenes se solidarizaron con Victoria sacándole la lengua a Carlos Gonzalo o moviendo la cabeza negativamente, con resentimiento y asco. Dos o tres jóvenes sonrieron e intercambiaron miradas. El resto permaneció muy quieto asistiendo a lo que prometía ser una inusitada confrontación.

—De acuerdo. —Suspiró el profesor regresando a su lugar en la tarima del aula.

Victoria liberó por fin sus energías.

—Hombre tenías que ser... —susurró en voz apenas perceptible.

Aunque no tanto para el hombre, máxime con el silencio del aula y su proximidad.

Se detuvo y se giró de nuevo.

—¿Qué has dicho?

Volvió la pugna ocular.

—Victoria —se lo repitió él remarcando cada sílaba—, ¿qué has dicho?

—Nada. —Encogió los hombros.

—No, vamos a ver. —Carlos Gonzalo la apuntó con un dedo, secamente—. Si tienes agallas para unas cosas, tenlas para todo. Así que vamos, repite lo que has dicho.

No podía más.

Quería gritar, echar a correr, liberarse.

Lo desafió.

—He dicho "Hombre tenías que ser".

Rosana se llevó las manos a la cabeza, anonadada. La llamó "loca" por gestos llevándose el dedo índice de la mano derecha a la sien mientras lo hacía girar. Otras y otros estaban atrapados por el repentino toque de violencia latente en la escena. Miraban a los dos protagonistas del conflicto con la expectación de los grandes momentos, sobre todo cuando por lo general no pasaba nada y cuanto rompiera la monotonía siempre valía la pena, fuera bueno o malo.

Carlos Gonzalo se mostró sereno.

—A la dirección.

Victoria se puso de pie. Recogió sus cosas con parsimonia, dispuesta a mantener la calma, sin temblar. Y lo hizo a conciencia, libreta, bolígrafo, libros, mochila, chaqueta… Cuando avanzó hacia la puerta del aula, no miró a nadie, pero sentía los ojos del resto de la clase fijos en ella.

Cerró la puerta y fue como si dejara atrás el infierno.

Otro más.

Se resistió a llorar, porque estaba harta de hacerlo, y continuó su camino rumbo a la dirección del colegio para enfrentarse a la nueva hecatombe que acababa de desatarse en su agitada vida.

5

—¿Luisa?

No obtuvo respuesta, así que la buscó por la casa primero y por el patio después. La localizó justo en él tendiendo la ropa, haciendo gala de aquella capacidad tan frenética que le permitía trabajar por horas en el mercado, cuidarse de todo, cocinar...

—Luisa.

—Ah, hola, Ramón. ¿Qué hora es? ¿Ya estás aquí?

Era la clase de pregunta obvia con que solía recibirlo a menudo. No dejó de hacer lo que estaba haciendo, fue su marido el que se acercó a ella para darle un beso.

—La comida todavía no está. ¿Cómo has venido tan temprano?

No buscó su mejilla, como casi siempre, sino sus labios. La obligó a soltar la prenda que tenía en las manos, a medio tender, y a ponerse de cara. Su esposa bizqueó ridículamente al verlo acercarse. Luego, mitad sorprendida, mitad halagada, correspondió al beso, relajada, feliz.

Un beso como hacía mucho que Ramón no le daba.

—¿Qué pasa? —preguntó con sorna al separarse.

—Nada.

—¿Nada? —Se cruzó de brazos—. Llegas antes, te brillan los ojos y tienes esa cara.

—¿Qué cara?

—Esa cara, ya sabes. De pillo, de niño que acaba de romper un plato pero a gusto.

—¿Están las niñas?

—No.

—¡Hum! —murmuró.

—Ramón...

—¿No querías hacer un viaje a Mallorca?

—Sí, ya, la semana de los tres lunes.

—Me van a ascender y, por tanto, me van a subir el sueldo.

Su mujer parpadeó acusando la noticia, asimilando las dos palabras mágicas, "ascenso" y "aumento". Lo hizo con rapidez.

—¿En serio?

—Sí. —Sonrió por fin él.

—Pero...

—Esta mañana me llamó don Gaspar, a su despacho —lo dijo con la pompa que requería tal gesta—. Me ha dicho que mi trabajo se nota, que está por encima de los demás, que mi dedicación es plena, que nunca estoy enfermo, que soy puntual...

—El empleado perfecto, lo sé —asintió Luisa—. A mí va a decírmelo.

—Y como llevo tanto en la empresa... Total, que paso de encargado a jefe de sección el mes que viene, y con un sueldazo...

—¿A qué llamas tú un sueldazo?

—A un veinte por ciento de más.

Ahora sí. Luisa se le echó encima y lo abrazó, entusiasta, excitada como una niña. Lo besó en la mejilla, luego en los labios, y vuelta a abrazarlo mientras repetía:

—¡Te lo mereces! ¡Te lo mereces! ¡Ya era hora que se dieran cuenta de lo que vales! ¡Si no fueras tan callado a veces...!

—Para mí lo mejor es que me lo haya dicho él en persona, en lugar de dejar que lo hiciera el jefe de personal o el director administrativo. Ha sido un detallazo.

—¿No dice siempre en las fiestas que la fábrica es como una gran familia?

—Sí, ya, pero...

—Cariño, esto es fantástico. —Ahora temblaba asimilando más y más la noticia—. Y de Mallorca nada, que primero hay que pintar y arreglar un poco la casa... ¡Ah, y comprar un refrigerador, que ya está para botar el pobre!

—Yo prefiero ir a Mallorca, los dos solos, que ya nos toca.

—Ramón, lo primero es lo primero.

—Vale, lo que digas. —Intentó cogerla de nuevo sin ánimo de discutir.

—Estate quieto, pulpo. —Le golpeó las manos con las suyas, aunque coqueteando claramente, y se apartó de su lado.

—Las niñas no están.

—¡Anda ya, tú! ¡No seas tonto!

—Vaya, por Dios. —Se sintió frustrado.

—¡Que llegan en diez minutos, hombre!

Acabó de tender la prenda que estaba a medias y concluyó la operación. No quedaba nada más en el cesto. Lo recogió con la izquierda y se colgó del brazo de su marido con la derecha apretándolo contra sí.

—Ahora cuéntame, va.

—Ya te lo he dicho todo.

—Qué cara puso, qué más te dijo… Esas cosas.

—Estaba contento.

Entraron a la casa y Luisa dejó el cesto. Sus siguientes pasos los llevaron hasta la cocina. Olía como siempre a la hora del almuerzo y la comida. Una pura delicia.

—Desde luego don Gaspar es un gran hombre, hay que reconocerlo —dijo él.

—Será todo lo grande que tú quieras, pero esto te lo debía desde hace tiempo, no me digas.

—Tiene muchos empleados, mujer.

—Ya, ya, ¡más de medio pueblo de una forma u otra!

—No sé qué haríamos sin la fábrica.

—¿Respirar un poco mejor y tener menos contaminación? —bromeó ella.

—Y muertos de hambre.

—Que sí, que ya lo sé. —Se le notaba feliz, en los gestos, en la forma de moverse por la cocina.

Ramón Mateos la contempló lleno de amor y satisfacción.

Por fin una alegría.

A veces el tiempo pasaba tan rápido...

Recordó de golpe la otra parte de la conversación con don Gaspar, igual que un fantasma al acecho. No es que la tuviera olvidada, al contrario, le preocupaba, pero sí se mantenía abandonada, barrida por la alegría del ascenso y del aumento que tanto significaba para ellos.

—Oye. —Intentó no sonar preocupado—. ¿Qué pasó anoche con Victoria?

—¿Pasar? —Su esposa atendió a lo que se cocía en la olla—. Pasar no pasó nada, pero está en una de esas etapas en la que la estamparías contra la pared un día sí y el otro también.

—¿Pero llegó bien?

—¿Qué quieres decir?

—¿Se le notaba que había bebido?

—Me dijo que no.

—¿Se lo preguntaste?

—Por supuesto. No quiso cenar, dijo que había picado algo, y tenía una cara...

—¿Por qué no me avisaste?

—Estabas viendo el partido del Plus.

—Ya, pero...

—No pasó nada, tranquilo. —Hizo un gesto determinante—. Debe andar enamoriscada, y ya sabes cómo es eso y cómo se ponen. Mira la hija de la señora Amparo, con catorce años y ya no hace otra cosa que pasarse el día con el novio, que parecen... ¡Santo Dios!

—¿Crees que Victoria tiene novio?

—No, no creo, aunque nunca se sabe. —Reflexionó sinceramente—. Es más bien que ha pegado ese estirón en el último año y... —No supo cómo expresarlo—. Se ha puesto muy mujer de golpe, ya lo ves. Y es tan guapa y tan expresiva...

—Viste demasiado provocativamente.

—¡Tiene quince años, Ramón!

—Lo va enseñando todo.

—¡Todas van igual, en eso no tienes razón! ¡Es la moda!

—¿Ahora la defiendes? —Se extrañó—. ¡Si eres la primera en quejarse cuando se pone esa ropa ajustada con la que lo marca todo o cuando le da por llevarlo todo al aire!

—Porque hago de madre —se justificó—, y a veces se pasa, lo sé. Pero no me digas que no está guapa.

—Esto es un pueblo.

—¿Qué quieres, que la encierre, que le prohíba vestir como las demás, que ni siquiera pueden lucirlo como ella? Bastantes peloteras tenemos ya por tonterías. Yo hago lo que puedo, y tú también, ¿no? Pues ya está.

—Será lo que tú quieras, pero a mí me da que este junio suspende la mayoría. —Mantuvo su preocupación.

—Es la adolescencia. —La cara de su mujer fue la de quien acaba de manifestar una gran verdad—. Se les dispara todo, y algunas lo llevan fatal. La hija de mi prima está anoréxica perdida y ya sabes lo mal que lo están pasando. A la edad de Victoria a mí me daba por llorar un día sí y al otro también, sin tener ni idea de por qué. Todo eran problemas, y me parecían tan enormes que me abrumaban. Cualquier cosa me aplastaba.

—Habla con ella.

—¡Ya lo intento! —Se agitó como un molino—. Pero ¿crees que es fácil no ya dialogar, sino hablar con tu hija? ¡Se enfada, se cierra a la banda y si te he visto no me acuerdo!

—Tiene tu carácter. —Intentó recuperar las buenas vibraciones del comienzo.

—Pues será eso. —Apagó el gas, poniendo punto final a la cocción, y se encaró con su marido—. ¿Y a qué viene esto ahora?

—A nada. —Fingió indiferencia—. Se me ha pasado por la cabeza.

Don Gaspar le había pedido que no lo traicionara.

Eso era sagrado.

Sobre todo después de su generosidad.

—¿Por qué no lo celebramos esta noche? —propuso Luisa—. No les digas nada ahora, porque siempre vamos más a escape a la hora de comer, tú, ellas y yo. Pero por la noche... preparo una cena de primera, abrimos una botellita de cava... ¿Te parece?

Le parecía, claro.

Alargó las dos manos para que ella volviera a unirse a su felicidad y se besaron de nuevo, como hacía mucho tiempo no lo hacían.

Demasiado.

6

Rosana la esperaba a la salida del colegio, apoyada en uno de los árboles de la otra acera. Primero pensó que mejor se iba sola a casa, sin hablar con nadie, para intentar pensar mejor y aclarar la contradicción de sus ideas. Luego, al verla a ella, se sintió aliviada.

Comenzaba a darse cuenta de que no podía guardar eso para sí misma, que si no lo sacaba se le quedaría dentro y sería peor.

Aun así, su furia no menguó.

Nunca se había sentido igual.

Quería gritar, echar a correr, descargar toda su ira…

—¿Cómo te ha ido? —le preguntó su amiga.

—Mal —se limitó a decir.

Echaron a andar, una al lado de otra. Victoria miraba el suelo, como si no hubiera nada más en el mundo. Rosana la observó una vez, dos, hasta que ya no pudo más.

—Bueno, ¿qué? ¿Me lo cuentas?

—Déjame en paz, ¿bueno?

Rosana se detuvo. Victoria dio apenas tres pasos más antes de hundirse y detener su marcha.

Lo intentaba, pero no podía más, y menos con ella, que para algo era su mejor amiga, la única en quien podía confiar. Se rindió con estrépito y justo cuando Rosana se detuvo de nuevo a su lado rompió a llorar.

Desconsolada.

La actitud de Rosana cambió, del enfado a la solidaridad total.

—¡Eh, eh! —Se asustó al ver la reacción de Victoria—. Tranquila, ven.

La apartó de las miradas ajenas y se desviaron del camino tomando una callejuela a su derecha. Victoria se dejaba llevar, más bien arrastrar. Rosana no se detuvo hasta sentirse a salvo. Entonces la abrazó, fuerte, y le pasó una mano por la cabeza. No habló hasta que ella acompasó un poco su respiración tras la explosión de llanto, que fue densa y liberadora.

—¿Qué te pasa?

Lo intentó, pero no podía ni hablar. Ya no.

—Vamos, cálmate. —Rosana le quitó las lágrimas con las manos—. Me estás asustando. ¿Son tus padres, van a separarse o algo así?

Victoria frunció el ceño. Esa era una de las tonterías más increíbles que pudieran habérsele ocurrido a su compañera.

—Entonces es algo de hombres. —Lo tuvo claro Rosana—. ¿Has visto a Toni con otra y has perdido las esperanzas?

Victoria negó con la cabeza. Su pecho todavía subía y bajaba al compás de su sobreexcitación.

—¡Pues ya me dirás! —Se impacientó.

Llegó el segundo acceso.

Y se repitió la escena, el abrazo de Rosana, el ahogo en el pecho, la falta de aire y el desmenuzamiento de todo su ser, atrapado en aquella esfera de dolor, sin salida.

Su amiga la obligó a sentarse en el escalón de una casa al ver que incluso se le doblaban las rodillas, como si fuera a desmayarse de un momento a otro.

—Calma, va. No puede ser tan malo. Tranquila. Chist...

Victoria gimió y movió la cabeza de arriba abajo.

—¿Sí? —Rosana ya no supo qué hacer—. ¡Vaya, si te dejé ayer tan campante en la discoteca! Tuvo que ser...

Dejó de hablar. El abrazo de las dos era extremo. A partir de ahí los segundos sí sirvieron finalmente para serenar a una y mantener la tensión en la otra. Transcurrió un minuto, tal vez incluso dos, hasta que Victoria se separó de su compañera y se enfrentó a su mirada.

—Estás horrible. —Quiso ser graciosa Rosana.

Ella se encogió de hombros.

—Si no quieres no me digas nada.

—Júrame que no se lo contarás a nadie. —Logró articular Victoria sus primeras palabras.

—Hecho.

—No, júralo —insistió Victoria.

—Te lo juro.

—Rosana, por favor, esto es…

—Te lo he jurado, ¿vale? ¿Por quién me tomas? Haré lo que me digas, pero ahora suéltalo, va.

—Anoche… —Tuvo que llevar una larga bocanada de aire a sus pulmones y cerrar los ojos.

—¿Cuando me fui de la discoteca? —Trató de ayudarla Rosana.

—Me quedé sola y…

—Tenías que regresar con Ángel en su moto, pero ya me has dicho antes que flirteó y te dejó sola. Luego te he preguntado si hiciste autostop y no me has contestado.

—Sí, hice autostop —asintió con pesar.

—¡Ay, Dios! —Rosana palideció—. Mira que te lo he dicho…

—Solo son doce kilómetros.

—Y te vio alguien, fijo.

—No.

—¿Entonces qué? —La resistencia de su amiga menguaba por momentos.

—Pasó don Gaspar.

—¿El Gaspar? —Mostró su sorpresa Rosana.

—Sí.

—Menos mal, ¿no?

Victoria cerró los ojos. Movió la cabeza de un lado a otro, horizontalmente.

—Me estás asustando. —Tembló su amiga.

Le costó decirlo en voz alta, era la primera vez que se enfrentaba a ello en las últimas horas. Y fue como sacar una enorme bola de fuego del interior de su cuerpo. Un parto lleno de dolor.

—Quiso… Violarme —musitó Victoria por fin.

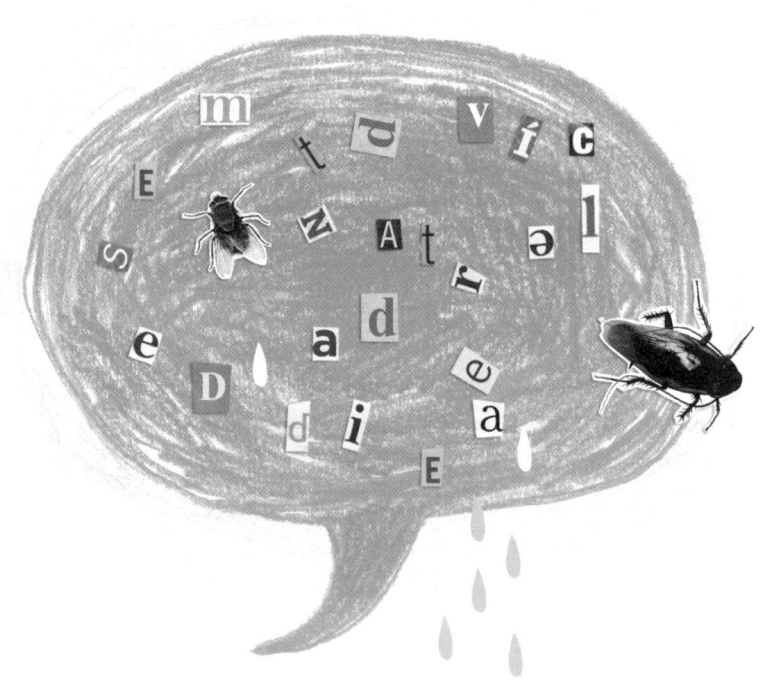

7

Abrió otra vez los ojos porque el silencio de Rosana la atravesaba de lado a lado.

—Victoria... ¿de qué estás hablando?

Ya lo había dicho. Se sentía más liberada. Roto el muro, aquella catarsis que la bloqueaba, ahora todo era una cuesta abajo.

—Fue... asqueroso. —Tragó saliva.

—¿Estás hablando... del mismo don Gaspar?

—¿Hay otro? —lo pronunció con desprecio.

—Pero él... —Rosana estaba aturdida.

—Paró el auto y me dijo que subiera, que había tenido suerte de que pasara él y no cualquier desaprensivo. Yo ya llevaba diez minutos andando por la carretera y empezaba a preocuparme, sobre todo después de tantas historias de jóvenes asesinadas por hacer autostop.

—Hey, si lo sé, no te dejo sola. Y el despreciable del Ángel...

—Conducía muy despacio, ¿sabes? —continuó Victoria, ahora sin desviarse de su relato—. Reía y... parecía encantado. Empezó a hablarme de... los estudios, de mí, de que mi padre trabajaba en la fábrica...

—Como todo el pueblo, no te digo.

—Entonces dijo que yo estaba muy guapa, que si él tuviera menos años... me hacía la corte. —El rostro reflejó el asco que sentía con una mueca crispada—. Y continuó diciendo que yo parecía tener ya diecinueve o veinte años, que se me veía muy madura, muy mujer...

—¡El colmo! —Rosana apretó las mandíbulas.

—Yo estaba... un poco cortada —confesó Victoria—. Ya viste lo que llevaba ayer por la tarde, la falda supercorta y el top... Así que, no sé, de pronto... me sentí desnuda, porque él me miraba de una forma... —Estuvo a punto de echarse a llorar otra vez, pero contuvo la caída en el abismo a duras penas.

—¿Y qué hizo?

—Al llegar al pueblo... se desvió. No entró por la carretera, sino que fue por arriba, por la cañada. Yo le dije que iba a mi casa, pero que me dejara donde quisiera. No quería que parara delante de mi casa y que aparecieran mis padres, ¿entiendes? Prefería ir a pie desde donde fuera, pero él... Dijo que quería enseñarme algo y paró en... una especie de almacén, por encima del mercado.

—¿No echaste a correr?

—¿Con qué motivo? No había pasado nada, por Dios. ¡Era don Gaspar!

Don Gaspar. El amo del pueblo. La dimensión de la historia adquiriría tintes impensados.

Rosana estaba pálida.

—Has dicho que quiso... violarte. —A ella también le costó decir la palabra—. Eso quiere decir que no...

—Señaló el almacén. —Reanudó su relato Victoria—. Dijo que era su refugio secreto para cuando... Y me guiñó un ojo. Yo ya estaba petrificada, y no sé si mi silencio le hizo pensar algo o... qué se yo. Continuó hablando, de lo que podía hacer por mí, de que siempre iba tan sexi... y entonces fue cuando... me tocó el pecho.

—Cabrón... —Se estremeció Rosana.

—Me... abrazó y me lo tocó y... —Volvieron a caer dos lágrimas por sus mejillas.

—¿Habían bajado del auto?

—No, estábamos dentro. Yo llevaba el cinturón de seguridad puesto.

—¿Te metió mano en el auto, a la vista de todo el mundo?

—¿Qué todo el mundo? —El tono era de frustración—. Nadie me vio subir a su auto en la carretera, y en esa parte no había ni Dios. Estábamos solos.

—¿No le soltaste una bofetada?

—¡Estaba paralizada! —gimió Victoria—. ¡Don Gaspar me estaba tocando el pecho! ¡Me los apretó y...! ¡Yo no podía creer que esto me estuviera pasando a mí! ¡No podía moverme, Rosana! ¡No podía moverme!

—¡Pero algo harías!

—Cuando me besó...

—¿Te besó?

—¡Sí! —Fue más un grito que una respuesta—. ¡Puso sus labios en los míos y yo... tenía la mente en blanco! ¡Era asqueroso, lo más asqueroso que jamás me hubiera imaginado! ¡Yo los mantuve apretados, y él intentaba que los abriera con la lengua...! —Se pasó una mano por la boca, en un claro gesto de repugnancia—. Seguía tocándome el pecho con una mano y entonces puso la otra en mi muslo...

Rosana tuvo que apoyar la espalda en la pared del escalón.

—Victoria, no —gimió ahora ella.

—Entonces sí reaccioné. —Fue un suspiro, agotado, rendido—. Cuando sentí esa mano en mis muslos, que subía... lo empujé con todas mis fuerzas, y creo que grité, no sé, no estoy segura. Es como una película, ¿entiendes? Sé que me ha sucedido a mí, pero lo siento como una película que tengo en la cabeza y que he visto en alguna parte. Lo empujé y... ni siquiera sabía cómo diablos iba el cinturón de seguridad de su auto. Me hice un lío, nerviosa. En ese momento, sí estaba muy asustada. Don Gaspar hablaba, no sé qué me estaba diciendo, algo de que sería muy bonito, muy dulce, y que no me arrepentiría. Intentó atraparme de nuevo, me acarició el brazo... Y cuando por fin conseguí quitarme el maldito cinturón...

—¿Qué?

—Nada, salté del auto y eché a correr.

—¿Qué hizo él?

—No lo sé, no volví la cabeza.

—¿No te siguió?

—No.

—¿Y cuando llegaste a casa? —Se puso en guardia Rosana.

—Me metí en mi cuarto, le dije a mi madre que no quería cenar, discutí con ella y se acabó.

—¿No se lo contaste?

—¡No!

—¿Por qué?

—¡Mierda, Rosana, es don Gaspar! ¿Qué quieres que haga?

—¡Ese cerdo es abuelo, tiene sesenta años!

—¡Es don Gaspar! —lo gritó apretando los puños, como si esa fuera la verdad más incuestionable del universo.

—¿Y vas a callarlo?

Se lo repitió desalentada.

—¿Qué quieres que haga?

La mirada de Rosana fue tan impotente como la suya, pese a la rabia.

—Nadie me creería. —Se hundió ella—. ¡La loca de la Victoria!

—Tú no estás loca. Él sí es un hijo de puta.

No quedaba mucho más por decir.

Volvieron a abrazarse, y en esta ocasión se olvidaron del tiempo.

8

Por más que se había calmado, esforzándose al máximo para dar una impresión de serenidad y normalidad, las huellas de lo que sentía eran visibles en su alma y, por extensión, en todo su ser. Antes de llegar a su casa se había vuelto a lavar la cara, aunque el tono rojizo de los ojos la traicionaba.

Su madre fue la primera en darse cuenta.

—Victoria, ¿te encuentras bien?

—Sí.

—Pues tienes una cara...

—Será el periodo —dijo por decir algo.

—¿Desde cuándo tienes problemas con él? —Se alarmó su madre.

—No tengo problemas con él, pero siempre te deja el cuerpo raro, ¿no?

—Ya, pero lo tuviste hace dos semanas, no te toca.

—Mamá... —Se quedó paralizada—. ¿Me controlas el periodo?

—No, hija, pero los pantis no te los lavas tú.

Se quedó cortada.

—Te llevaré al ginecólogo. —Acabó la conversación la mujer.

—¡No!

—¿Cómo que no? Es necesario, que para eso están.

—¡No quiero que ningún extraño me toque, mamá!

—Es un médico, y visitar al ginecólogo es fundamental, al menos cada dos o tres años, o incluso menos.

—A los hombres nadie les examina lo suyo —protestó furiosa.

—Ellos tienen la próstata y también se la han de revisar a partir de los cincuenta.

—¡Los cincuenta, no a partir de los quince!

—Bueno, da igual, con periodo o sin él tienes mala cara, y llevas unos días... Estás para que te encierre y tire la llave.

—Pues vale.

Ya estaba en su habitación, pero su madre no tenía la menor intención de darse por vencida y dejarla sola.

—¿Algo del cole?

—No lo llames cole, mamá.

Luisa la agarró de un brazo obligándola a estar quieta y mirarla.

—Escucha, hija. —Fue paciente—. Ya sé que estás en eso que llaman adolescencia, que es molesto, que todo te ha caído y te sigue cayendo encima de golpe, sin que te lo esperes, y no sabes cómo digerirlo. No soy tonta. Y sé que a los padres, ni hacer caso, porque somos unos pesados y no tenemos ni idea y no sé qué más. Lo sé todo. Pero si has de estar enfadada, con malas caras y todo ese rollo... No, ¿eh? Lo siento, pero no. Así que tú misma.

Se sintió herida, con ganas de gritarle la verdad, pero se contuvo.

Recordó su diálogo con Rosana.

¿Ella contra don Gaspar?

—No pasa nada, mamá —rezongó cansada.

—Este mediodía no has venido a almorzar —le recordó la mujer—. Te quedaste en casa de Rosana y llamaste por teléfono y muy bien y tal, pero anoche no cenaste.

—He comido, tranquila. Teníamos que hablar de los exámenes.

—Bueno. —Suspiró dispuesta a irse—. Pues esta noche se cenará puntualmente, porque tu padre tiene buenas noticias que darnos y vamos a celebrar una pequeña fiesta, ¿de acuerdo?

Logró despertar su curiosidad.

—¿Qué buenas noticias?

—¡Ah! —Luisa se encogió de hombros y puso cara de misterio, con malicia—. Tiene que decírnoslo él, es cosa suya.

Victoria la vio salir de su habitación.

Entonces se rindió, exhausta, al límite después de haber mantenido la calma y el bombardeo materno, y se dejó caer de bruces sobre la cama.

No pasaba nada, no pasaba nada, no pasaba nada.

Callar y olvidar.

Lo mejor.

No pasaba nada.

Lo repitió varias veces, incluso en voz alta.

—No pasa nada.

Pero entonces, ¿por qué estaba así?

Destrozada.

Como si hubiera hecho algo malo.

Lo veía todo tan distinto. Lo sentía todo tan diferente. Como si ya no fuera ella. Existía una disociación entre su mente y su cuerpo, la razón y la verdad. Y el abismo crecía, a ambos lados, con ella en medio.

¿Qué hacía una chica de su edad cuando le pasaba algo así?

No tenía ni idea.

Y si preguntaba se descubriría.

—No tiene sentido —se dijo.

Se levantó de la cama al sentir que volvía a pesarle la cabeza y se quitó la ropa hasta quedarse completamente desnuda. Luego abrió la puerta del armario y se contempló en el espejo. Veinticuatro horas antes le gustaba su cuerpo, se sabía agraciada, hermosa. Los hombres la deseaban, aunque le molestaba que le dijeran estás buena y otras lindezas. Y al decir hombres sabía que no se trataba solo de los de su edad, sino los mayores, de diecisiete o dieciocho, y también los otros.

Los hombres del pueblo, que la atravesaban con la mirada.

Veinticuatro horas antes era normal dadas las circunstancias. Pero de eso hacía una eternidad.

Victoria sostuvo su propia mirada en el espejo.

¿Era porque vestía como cualquier joven, con el detalle de que a ella todo le quedaba mejor? ¿Era por tener los ojos grandes y rasgados, los labios gruesos, aquella hermosa mata de pelo negro, los pechos finos, la cintura breve, las piernas largas, las manos y los pies perfectos...?

Rosana decía que tenía morbo.

Morbo.

La palabra a veces la excitaba y a veces le daba miedo.

¿El morbo no despertaba los instintos más bajos y las pasiones más acérrimas?

Si atraía a alguien, como don Gaspar, ¿no era mejor renunciar a todo y morirse?

Sintió asco de sí misma y eso la hizo abrazarse con todas sus fuerzas, desamparada.

Si fuera normal, como Rosana...

Si no vistiera de forma tan provocativa, aunque le gustase, porque era su estilo y se sentía cómoda y libre...

Cerró el armario para no verse más reflejada en el espejo y comprendió que estaba hecha un lío.

Un lío del que no saldría fácilmente a no ser que el tiempo lo borrara todo y lo convirtiera tan solo en un mal recuerdo.

Tiempo.

—¿Pero y aquí y ahora? —susurró inundada de turbios pensamientos.

El toque en la puerta la hizo reaccionar.

—¿Sí? —Agarró la bata para cubrirse.
—Victoria —la llamó Herminia.
—Pasa. —Acabó de ponérsela y se sentó en la cama.

Su hermana pequeña le obedeció. Le encantaba estar allí, ver su ropa, imaginarse el día en que pudiera pedirle algo prestado. Siempre paseaba una mirada por la habitación para ver si había algo nuevo, un libro, un disco, un póster.

—¿Te ha dicho mamá que esta noche hay cena especial?
—Sí.
—¿Sabes de qué se trata?
—No.
—Bueno. —Se quedó tal cual, sin decidirse a dar media vuelta.

Y por una vez Victoria no la echó.

—Anda, ven, siéntate conmigo. —La invitó a compartir la cama agradeciendo no quedarse sola con sus pensamientos.

Herminia acusó la sorpresa.

Se sentó a su lado y dejó que Victoria le pasara un brazo por encima de los hombros y le diera un beso en la cabeza.

—¿Pasa algo? —acabó preguntando la niña revistiendo sus doce años de ingenuidad con un halo de desconcierto.

9

Cuando llegó su padre se había vuelto a vestir. Si la cena era especial, mejor no llevar una bata. De todas formas se reconocía como una autómata, por un lado, y saco de nervios, por el otro, incapaz de quedarse quieta cinco minutos, incapaz de concentrarse en algo, desde leer a estudiar, incapaz de ser ella misma, porque había dejado de serlo.

¿Era posible que aquel cerdo le hubiera arrebatado la inocencia?

¿Qué era la inocencia?

Se habría burlado de alguien que le hablara de eso veinticuatro horas antes.

Otra vez aquella frontera: veinticuatro horas antes.

El día en que su vida había quedado partida.

—Hola, Victoria. —El recién llegado le dio un beso en la mejilla.

Fue extraño.

Estuvo a punto de abrazarlo.

Se contuvo porque se sabía extremadamente sensible y se habría puesto a llorar descubriéndose. Pero sintió unos enormes deseos de hacerlo, de sentir a su padre como hacía años que no lo sentía, porque desde hacía tiempo era reacia a las caricias y a las muestras de afecto.

Ahora las necesitaba tanto.

Y no podía pedir ayuda.

—¿Qué celebramos? —preguntó.

—¡Ah, ya lo verás! —Ramón Mateos se inundó con una gran sonrisa antes de detenerla y agregar, cambiando de tono—: ¿Estás bien?

—Sí, ¿por qué? —Se puso en guardia.

—Haces mala cara.

No quería discutir ni gritar. Se retiró de forma discreta.

—Es que estoy estudiando mucho para que no me quede nada en junio.

—Ya. —Oyó la voz de su padre a su espalda.

Mantuvo la actividad. No quería meterse en su habitación ni ver la tele. Y ya había hablado un buen rato con Herminia. Puso la mesa siguiendo las indicaciones de su madre acerca de la clase de platos y los cubiertos que iban a utilizar. La cena olía de maravilla.

Estaba en casa, con su padre, su madre, su hermana.

Eso implicaba seguridad.

Nunca hubiera imaginado algo así, cuando por lo general le pesaba estar en su casa, aguantar a la familia, y creía que lo mejor estaba afuera, en la calle, en el mundo, lejos.

Lejos del pueblo.

El pueblo de don Gaspar.

Se detuvo abatida por un rato.

Era inútil: él volvía una y otra vez. Volvía o... no se había ido. Seguía ahí. Veía su cara pegada a la suya, aquellos labios y aquella lengua, su mano en el pecho, en los muslos...

—Calma, hay que celebrar algo. —Suspiró.

No pensar en nada. Contenerse. Olvidar.

Matar el miedo y la rabia.

¿Era diferente y por eso había intentado abusar de ella aquel cerdo?

Siempre había querido ser diferente.

Ella y nadie más que ella.

¿No se le llamaba a eso personalidad?

No quería formar parte del montón, ni pertenecer a una tribu, ni ser como las demás. ¿Eso era un reto o un privilegio? ¿Acaso pagaba ahora el precio de su osadía? ¿El mundo la obligaba a ser como todas? ¿Ser distinta hacía que los don Gaspar de la mezquindad se sintieran con derecho a actuar también de forma distinta?

¿O los distintos eran ellos?

—Yo no he provocado nada —gimió.

Era diferente, sí. Siempre quiso serlo. ¿Por eso intentó abusar de ella el dueño del pueblo y jefe de su padre?

Su padre.

Victoria miró hacia él.

Discreto, sencillo, apocado, una buena persona. Demasiado buena persona. Un hombre como tantos, preocupado por su familia, el trabajo, de vida tranquila, con una única pasión: el fútbol.

Llegaba tarde a casa cada noche, porque hacía horas extras. Siempre trabajando de más arañando un poco de dinero para esto y aquello.

Victoria había llegado a sentir vergüenza de él.

Ahora se sentía culpable de ello.

Toda aquella ansiedad metida en el alma, el desconcierto de la edad, las ganas de algo, sin saber de qué...

—¡A cenar!

Herminia salió de su habitación a la carrera, expectante. Casi chocó con su madre, que sostenía una bandeja con el asado. Llegaron al comedor los cuatro al mismo tiempo. La sonrisa de Ramón Mateos le llegaba de oreja a oreja.

—¿Nos lo dirás ahora o en el postre? —Quiso saber Victoria.

—En el postre —dijo el cabeza de familia tras meditarlo un poco.

—¡Sí, hombre! —protestó Herminia.

—Ramón, no seas malo —le advirtió su mujer—. A ver si les va a sentar mal la cena.

—Un poco de emoción, ¿no?

—No. —Fue terminante ella.

—Bueno, abre el vino. —Respondió él.

—¡Vino y todo! —Mostró su sorpresa Herminia.

—Ya voy yo. —Se ofreció Victoria.

Salió del comedor y fue a la cocina. La botella estaba en el refrigerador. La tomó con una mano y cerró la puerta cuidando de que no se quedara entreabierta, como sucedía algunas veces. No tenía ni idea de cuál pudiera ser la sorpresa de su padre, pero se alegraba de que aquello, fuera lo que fuera, sucediera esa noche.

Necesitaba reír un poco.

Dar marcha atrás.

Regresó a la mesa y le tendió la botella a su padre. El hombre la descorchó empleando toda su paciencia y control para no soltar el tapón. La Navidad pasada había roto una figurita de porcelana, regalo de la abuela Joaquina.

Esta vez no pasó nada.

Escanció el líquido en las cuatro copas y esperó a que sus tres mujeres levantaran las suyas.

Entonces dijo aquellas palabras:

—Por don Gaspar.

Victoria sintió una mano invisible que le arrebataba la conciencia.

Dejándola muy, muy fría.

Con la mente en blanco.

—Me ha ascendido a jefe de sección y me ha subido el sueldo —acabó de soltar la noticia después de los tres segundos de misteriosa pausa.

—¡Bien! —gritó Herminia.

—¿A que es fantástico? —Se llenó de alegría su madre mirándolas a las dos.

—¡Venga, brindemos! —propuso él.

Victoria tuvo que vencer aquel agarrotamiento, la parálisis, dominarse, no gritar, levantar la copa y entrechocarla con la de sus padres y su hermana. Y luego tuvo que beber, tragar aquella bola enorme, forzarse a sonreír por fuera, aunque se sintiera muerta por dentro.

Era la gran fiesta de su padre.

El precio final.

—¿Saben lo que podemos hacer con ese dinero? —Le brillaban los ojos a Ramón Mateos.

MARTES

10

¿Cuánto tiempo llevaba enamorada de Toni?

A veces, pensaba que toda la vida, desde mucho antes de tener uso de razón, porque recordaba detalles, pequeños momentos de su infancia, en las fiestas, cuando bailaban o cuando jugaban en el patio del colegio o en la calle.

Cada vez estaba más llena de él, de su tímida sonrisa, de su sencillez, de su calor humano, de aquella naturalidad con la que se lo tomaba todo. Y tenía las fotos que se habían tomado juntos gastadas de tanto mirarlas, con lupa, porque en ellas Toni se veía pequeño. Eran fotos de grupo. Le hubiera gustado tanto tener una más grande, hecha solo para ella.

O juntos.

Todo el mundo creía que eran amigos.

Incluso él.

No iban a la misma clase. Un año más representaba un curso más. Y cada vez era peor, porque sus padres lo obligaban a trabajar en la fonda de la familia casi todas las horas disponibles. Victoria ni siquiera comprendía cómo era capaz de aprobarlo todo, y hacerlo con una facilidad insultante. Lo malo era que Toni quería seguir estudiando y sus padres trataban de convencerlo de que no, que siendo hijo único, si él no seguía el negocio familiar, este acabaría perdiéndose. Querían que dejase los estudios sin hacer ninguna carrera que, además, lo llevaría a Barcelona o a Madrid, a la universidad.

A veces, hasta ella misma deseaba que los padres ganaran, aunque sabía que eso destrozaría a Toni.

El pueblo era ya demasiado pequeño para sus ambiciones y sueños.

Si Toni no trabajara los fines de semana, tal vez habrían ido juntos a la discoteca, no habría sucedido nada, sería la misma de siempre, feliz y despreocupada.

O casi.

Porque siempre estaría él.

Tantas veces había parecido que sentía algo por ella, y que estaba a punto de…

—¿Estás bien? —le preguntó con cara de incertidumbre.

—¿Por qué? —vaciló Victoria temiendo que se le notara todo hasta el punto de ser transparente para él.

—Me han dicho que ayer tuviste un lío con el Gonzalo.

—Ah, eso. —Se tranquilizó—. Sí, lo tuve.

—¿Qué pasó?

—Nada, estaba un poco de mal humor.

—¿Él?

—No, yo. —Fue sincera—. Aunque ya sabes que me suele sacar de quicio.

—¿Y por qué estabas de mal humor?

—¿No puedo estar de mal humor? —Reaccionó con mal aire.

—No la tomes conmigo. —Quiso tranquilizarla Toni.

—No la tomo contigo. —Bajó los ojos asustada—. Es que... —Volvió a levantarlos y miró el pueblo abarcándolo con ellos—. No sé, a veces siento que todo esto me pesa tanto...

—Ahí te entiendo.

—Ya, pero tú te irás.

—Tú también puedes hacerlo.

—No, es distinto. —Fue sincera—. A ti te gusta estudiar y a mí no. Tú tienes posibilidades y yo no. Hay mucha diferencia.

—Te vienes conmigo cuando me vaya.

—¿Y qué hago?

—Trabajar.

Una vez más, no supo si hablaba el amigo o el hombre, el compañero de aventuras o el hombre con el que iba a vivir el amor de verdad. Estuvo a punto de lanzarse a tumba abierta, preguntarle, insinuarse... lo que fuera. Pero del mismo modo que nació el arrebato también murió, detenido al límite de su miedo.

—¿Crees que tus padres cederán? —Acabó desviando el tema.

—No tienen más remedio —dijo él—. Es mi vida.

—Pero se van a sentir muy mal.

—Lo sé —reconoció con pesar—. De entrada tendrán que coger a alguien para que trabaje y pagarle un sueldo. Pero lo que más les preocupa es que el negocio acabe perdiéndose después de dos generaciones. Dicen que la fonda es parte de la historia reciente del pueblo, ya sabes.

Historias de la Guerra Civil, el día que durmió en ella tal o cual famoso de otro tiempo, cuando en España no había autopistas y las carreteras eran infernales...

No habían dado más que una docena de pasos. Toni se detuvo. Llevaba el delantal colgado del cuello, mojado, prueba de que se encontraba en la cocina cuando la vio pasar y la llamó para que se detuviera.

—Oye, ¿nos vemos luego? —le propuso.

Victoria sintió las palabras como música en sus oídos. La mayoría de los jóvenes del pueblo, de pronto, en el último año, la deseaban, la rondaban, y el único que quería ella se limitaba a estar a su lado, como Rosana, aunque no de la forma que anhelaba. Y ahora, después del incidente con don Gaspar...

Sus ojos se llenaron de tristeza aunque no fue consciente de ello.

—¿Qué te pasa? —se inquietó Toni.

—Nada, ¿por qué?

—Solo quería que nos viéramos luego, pero si no quieres...

—No, no, ¿qué dices? —Se asustó—. Es que...

Lo amaba, lo deseaba, necesitaba un abrazo, y un beso, aunque fuera en la mejilla. De noche imaginaba que sucedían cosas, fantasías. Vivía en su cama lo que la vida le negaba en la realidad. Pero él seguía ahí, tal vez ajeno, y ella...

El domingo la vida le había dado un hachazo.

El padre de Toni sacó la cabeza por la puerta posterior de la fonda, la que daba a las cocinas, la misma de la que había salido él.

—¡Eh!, ¿qué haces? —lo alertó.

—Debo irme. —Suspiró Toni.

—Perdón, llevo unos días mal. —Lo retuvo con una mano—. Claro que nos vemos luego si quieres.

Toni sonrió.

—Vale —fue lo único que dijo.

Se fue, y la mano de Victoria quedó huérfana de su contacto, de su calor y su realidad.

11

Mientras la publicidad inundaba el locutorio y las ondas, más allá de la emisora de radio, Constanza Aguilera bebió un sorbo de agua para aclararse la voz. No llevaba puestos los auriculares, así que la voz de su productor le llegó a través del altavoz interior del estudio.

—Constanza, hay una llamada que parece interesante.

—¿Quién es?

—No ha querido dar el nombre, pero es una chica joven, quizá una niña. Está asustada.

—De acuerdo.

Quedaban quince segundos.

Recuperó los auriculares, bebió otro sorbo de agua y miró cómo los dígitos del reloj se acercaban al punto de su nueva entrada. Cuando acabó la publicidad, el técnico insertó una breve cuña con la sintonía del programa y por encima de ella la invitó a intervenir.

—Volvemos a estar aquí, contigo, en *Hablemos de sexo*, programa abierto, sin inhibiciones, para todo lo que te preocupe o quieras saber, lo que necesites o busques en relación con ese gran desconocido que sigue siendo... el sexo.

Subió la música, suave, envolvente, pero solo un par de segundos. Tras ellos Constanza Aguilera dio paso a su llamada en espera.

—Hola, ¿con quién hablamos?

No se escuchó nada al otro lado del hilo telefónico.

—¿Hola?

—Hola —dijo una voz muy débil.

—Acércate un poco más al teléfono, querida —le recomendó, aunque lo que hizo en realidad fue pedirle al técnico de sonido que aumentara el volumen de recepción.

—De acuerdo —dijo la voz.

—Así está mejor, ¿cómo te llamas?

La pausa fue breve.

—María.

Constanza Aguilera le guiñó un ojo a las tres personas que controlaban el programa al otro lado del cristal del locutorio. Las llamadas de adolescentes con problemas típicos abundaban más y más. Cada día, cada semana, cada mes, nuevos y nuevas jóvenes se sumaban a la legión de los que todavía buscaban respuestas a los eternos problemas de siempre. La locutora se imaginó a la joven con la que estaba hablando, pegada a su teléfono celular, si lo tenía, o llamando desde su casa aprovechando que estaba sola, o incluso desde una cabina.

—Tranquila, María. —La ayudó con la dulzura de su voz—. Estás entre amigas y amigos. ¿De qué quieres hablar?

—De un problema que tengo.
—¿Qué edad tienes, María?
—Quince años.
—¿Tienes novio? —Quiso facilitarle una mayor agilidad.
—No.

Campo de minas. Sin novio, el problema era personal.

Pero desde luego había tanto miedo en su voz...
—¿Entonces de qué problema quieres hablarnos?
—He sido víctima de abusos... bueno, de un abuso. —Suspiró la joven.

Constanza Aguilera frunció el ceño.

No era la primera vez, pero siempre resultaba muy desagradable y traumático para la persona que se abría ante ella y le confiaba algo que probablemente no hubiera confiado jamás a nadie.

Levantó una mano, rápida, para asegurarse de que aquello se estuviese grabando. El técnico de sonido alzó el pulgar de su mano derecha.

—Tranquila, María —le recomendó la locutora—. ¿Puedes contárnoslo?
—No sé ni cómo empezar.
—¿Qué sucedió?
—Salía de una discoteca que está a unos pocos kilómetros de mi pueblo, y me... me recogió un conocido. Pero no me llevó a mi casa.
—¿Qué te hizo?
—Paró el auto en un sitio y... empezó a decirme cosas, que si yo era muy guapa, que si...

Cosas. —Le costaba hablar, pero lo importante era que lo hacía—. Yo no sabía qué hacer.

—Y entonces...

—Me puso una mano en el pecho.

En el locutorio, la mujer y los dos hombres no se movían, escuchaban el relato de la persona que estaba en antena. En el estudio, Constanza Aguilera dejó que aquella pausa marcara un punto de dramática inflexión en el relato de los hechos.

—¿Cómo reaccionaste, María?

—No... no reaccioné, no pude. Estaba como... paralizada.

—Has dicho que ese hombre era un conocido tuyo.

—Sí.

—¿Qué edad tiene él?

—Sesenta o más, no tengo ni idea.

—¿Qué pasó después de que te tocara el pecho?

Otro silencio. Temió que colgara.

—¿María?

—Se abalanzó sobre mí y me besó.

—¿Tú seguías paralizada?

—Sí.

—¿No hiciste nada?

—Cuando me puso la mano en los muslos sí, desperté de la... pesadilla y lo empujé. Entonces salí del auto y eché a correr.

—¿Qué hizo él?

—Nada.

—¿Y después?

—Tampoco.

Era una buena profesional. Sabía cuándo hacer un cambio. Y ese era el momento. Olvidar los hechos y atender a lo personal.

—¿Cómo te sientes, María? —preguntó Constanza Aguilera.

—Sucia. —La respuesta ahora fue rápida.

—Es comprensible, aunque no debería ser así. —Contemporizó con voz más y más suave—. Actuaste bien.

—Actué tarde. —Se rebeló la joven—. No entendía que eso me estuviera sucediendo a mí.

—No podías esperar algo así de él, ¿verdad?

—No.

—Pues ante todo, déjame que te diga que tienes mucho valor, cariño. Muchísimo. Lo prueba esta llamada. Decirte que lo que te ha sucedido a ti les sucede a diario a otras mujeres no te sirve de nada, lo sé. Pero la mayoría calla, se lo guarda, y esto, tarde o temprano, sale. Y, a veces, es demasiado tarde, porque actúa como un cáncer contra el que ya no hay remedio.

—Pero es que yo no sé qué hacer. —La voz se quebró ligeramente.

—¿A quién se lo has dicho?

—A mi mejor amiga.

—¿Y a tus padres?

—¡No! —Pareció un grito desgarrador.

—María, has de decírselo a tus padres. —Quiso dejarlo claro Constanza Aguilera—. Solo ellos pueden ayudarte. Decírselo y, después, denunciarlo.

El silencio fue espantoso.

—María, sé que es duro, pero...

—No es tan fácil. —La detuvo.

—¿Por qué?

—Es el dueño del pueblo.

—Nadie es dueño...

—¡Él sí! ¡Mi propio padre trabaja...!

No fue un llanto desgarrado, pero sí unas lágrimas difíciles de detener. La locutora y las tres personas del control seguían pendientes de la conversación. Nadie reía. Nadie hacía las bromas habituales cuando se trataba de consultas inocentes o picantes.

—María, no podrás soportar esto tú sola, ¿sabes? No podrás. Tarde o temprano te hará daño, te quemará. Pasará un año o diez, pero saldrá a flote. Puede que incluso afecte tus relaciones futuras. ¿Tienes hermanos, María?

—Sí, una hermana más pequeña.

—Entonces también debes hacerlo por ella, para que no le pase lo mismo algún día. Es tu responsabilidad. No dejes que ese hombre se salga con la suya. Si mañana se lo hace a otra joven...

—¡Yo no tengo la culpa de que el mundo sea así! —Estalló por fin.

—María, si has llamado a nuestro programa es porque sabes qué hacer, lo sabes. Estás buscando valor, argumentos, apoyo, y estamos contigo, te lo damos. Ese hombre intentó algo monstruoso contigo. Si callas, cientos de jóvenes callarán contigo y…

Constanza Aguilera dejó de hablar.

Desde el locutorio, el técnico le estaba diciendo que la llamada acababa de ser cortada en origen.

12

Victoria se apoyó en el teléfono con las dos manos. Luego hizo lo mismo con la cabeza, sobre ellas, mientras Rosana le ponía una mano en la espalda en señal de apoyo.

No lejos de ellas, con el volumen muy bajo, para evitar que la señal se acoplara, Constanza Aguilera continuaba hablando. Lo hacía con voz solemne pero amable, rígida e inflexible.

—… y sé que me estarás escuchando, María. Por eso, te digo que por duro que parezca, y lo es, y mucho para ti, porque todo tu mundo debe haberse tambaleado con esto, debes ser valiente y afrontar los hechos. Te ha sucedido a ti, te resulta increíble, no puedes hacerte a la idea. Querrías que esto no hubiera sucedido. Pero ha sucedido, y negándolo no evitarás nada, al contrario, será peor. Piensa en tu hermana, en todas las jóvenes que han pasado, pasan y pasarán por lo mismo, sin tener siquiera el valor que tú has mostrado llamándonos a nosotros. Si has dado este paso, debes dar el siguiente, denunciar los hechos confiando, primero, en tus padres. ¿Cuántas mujeres a lo largo de los años han visto sus vidas destrozadas, sus matrimonios rotos incluso, por no poder superar un pasado en el que existió una humillación, como la tuya, una agresión sexual, consumada o no?

—Apaga eso, ¿quieres? —Le pidió Victoria a su amiga.

—No, deberías oírla.

—¿Crees que lo que dice no me lo he repetido cien, mil veces, desde el domingo por la noche? ¡Me lo sé de memoria, lo tengo en la cabeza! —Unió y cerró varias veces los dedos de las manos al decir—: ¡Bum, bum, bum! ¡Me voy a volver loca!

—… estamos en el siglo XXI —continuaba hablando Constanza Aguilera desde su programa de radio—. Hemos de aceptar la cultura del compromiso, acabar con los maltratos, con las mujeres asesinadas a manos de sus hombres, con el machismo, con la humillación a la que hemos sido sometidas desde tiempos inmemoriales. Y hemos de hacerlo ya, ahora, siendo valientes, denunciando hechos y enfrentándonos al diablo. Si el siniestro personaje al que se nos ha referido María es, como ha dicho ella, el cacique de un pueblo, representante de nuestra España profunda que aún subsiste en la actualidad, con más razón hay que denunciarlo y acabar con su impunidad. Un hombre de sesenta años y una niña de quince. Si aún me estás escuchando, María…

Fue ella misma la que se levantó del teléfono y apagó la radio.

Después se dejó caer sobre la butaca de la casa de su amiga.

—Escucha, Victoria. —Rosana quiso ser convincente—. La de la radio sabe lo que se dice. Ese cerdo lo hizo. Sí, me caía mal antes, no lo niego, pero ahora ya es que...

—¿Y si te hubiera sucedido a ti?

—¡Yo lo habría matado ahí mismo!

—Tal vez sí o tal vez no. —Fue contundente—. Todas nos creemos fuertes, y tenemos las ideas claras, hasta que pasa algo como esto. Entonces nos damos cuenta de que somos como cualquier otra. —Hizo un gesto de desesperación—. ¡Mierda, Rosana!, ¿quién va a creerme?

—¡Todo el mundo!

—¿Estás segura? ¡Es su palabra contra la mía! ¡Hablamos de don Gaspar, el amo del pueblo! ¿Y quién soy yo? ¡Una loca de quince años que, además, es objeto de los comentarios de las comadres por ir con minifalda, el ombligo al aire, ropa ceñida, maquillada... ¿Sabes lo que me preguntó el otro día la señora Consuelo, la del estanco, delante de un montón de gente? ¡Que si llevaba bragas! ¡Y se echó a reír como si tal cosa, y las demás con ella! ¡Me llamó cochina delante de todo el mundo! ¿Y qué iba a decirle, que sí, que llevo, pero que son tanga y que no marcan apenas? ¿Crees que les importa algo esto?

—No vale la pena dar explicaciones.

—¡Pero esos comentarios son los que la gente oye y luego va largando por ahí haciéndose su película! ¿El Santo del pueblo contra una de nosotras? ¡Por Dios! Ella ha hablado del siglo XXI. —Señaló la radio—. ¡Aquí todavía estamos en el XIX!

—Porque don Gaspar los tiene en un puño y encima va de santo, de gran hombre —aceptó Rosana.

—¡Pues eso mismo! ¡Y encima ese hijo de puta ha comprado a mi padre, que es lo que más rabia me ha dado!

—Le subió el sueldo, no lo compró.

—¡Lo compró! —insistió Victoria desesperada.

—Don Gaspar debió imaginar que tú no contarías nada, y así se cubría.

—¿Y si fue al revés? ¿Y si pensó que yo se lo conté a mi padre nada más llegar y con eso intentó frenar cualquier posible acción por su parte? ¡En este caso sí quería comprarlo!, ¿no lo entiendes?

—Da lo mismo el antes o el después —dijo Rosana—. Lo que está claro es que se te ha adelantado. Te ha marcado un gol. Para tu padre, ahora, don Gaspar es Dios. ¡Pero no ha ganado el partido, es tu padre y debes confiar en él!

—¿Y si no me cree?

—Victoria…

—Todos están contra mí. —Pareció a punto de ponerse a llorar otra vez.

—Todos no. —Quiso dejarlo claro su amiga—. Solo los estúpidos o los que te tienen envidia por ser como eres.

—¿Y cómo soy?

—Muy guapa, y lo sabes.

—No, soy idiota. —Se rindió—. Es justo por eso por lo que no tengo ninguna esperanza…

—Oye. —La detuvo Rosana—. ¿No crees que a la gente le sonará demasiado casual que don Gaspar le suba a tu padre el sueldo al día siguiente de que intentara abusar de ti? El personal no es tonto. Sumarán dos y dos.

—No estoy segura. —Mostró una vez más su abatimiento y su confusión.

—Díselo a alguien más.

—¿A quién?

—A Toni.

—¡Me moriría de vergüenza!

—¿Por qué? Aparte de que estés loca por él es tu amigo.

—Ha dicho que quería verme después.

—¿Ah, sí? ¿En plan cita? —El rostro de Rosana mostró el máximo interés—. Entonces…

—No eches las campanas al vuelo. Llevamos viéndonos desde que nacimos, así que… puede ser cualquier cosa.

—No lo creo. No está ciego. Ve cómo te miran los demás y si siente algo puede que tema perderte, así que está maduro, que te lo digo yo.

—La experta. —Se burló exhibiendo una tímida sonrisa Victoria por primera vez.

—A que te doy. —Se le puso delante su amiga—. Yo al menos ya he tenido novio, o sea que un poco más experta que tú sí lo soy.

Dejaron de hablar un momento. Rosana se sentó en la misma butaca, a su lado, apretándose contra ella. No podía estar más cerca ni mostrarle más solidaridad.

—¿Te imaginas a las jóvenes a las que les pasa... pero del todo? —Se estremeció Victoria.

—La de la radio tiene razón —repuso Rosana—. Es como las películas esas de asesinos en serie o tarados que tuvieron algo de niño, abusos, y luego...

—Vale, dame ánimos.

—Victoria, lo siento.

—Tú lo denunciarías, ¿verdad?

—Sí.

—El propio alcalde es el hijo de don Gaspar. Títere o no, todo depende de él.

—Yo solo sé una cosa —se mantuvo firme Rosana—: Tú nunca te has rendido por nada, siempre has luchado. Entiendo tu confusión, pero cuando se te pase y lo veas claro... dime una cosa: ¿qué harás cada vez que lo veas por el pueblo, o en las fiestas, o si te hacen reina como está cada vez más claro y él te pone la banda y todo ese rollo?

No lo sabía.

Era incapaz de pensar, razonar...

Victoria cerró los ojos y apoyó la cabeza en el respaldo de la butaca.

Las dos estaban todavía igual cuando llegó la madre de Rosana.

13

En otras circunstancias, reunirse con Toni habría sido… algo más que especial, sobre todo por habérselo pedido él. En aquellas, con el peso que la abrumaba tirando de sí misma hacia el abismo, todo era distinto.

Podían verse a diario, encontrarse, ir al cine de mutuo acuerdo sin necesidad de decírselo el uno al otro. Había un lenguaje tácito entre los dos, una forma de ser y de comportarse que llevaba implícito lo demás. Pero que él le pidiera "una cita", a su modo, es decir, "quedar para después", eso era algo insólito.

Así que tal vez tuviera razón Rosana.

Sucedía algo.

Estaba sucediendo desde hacía ya semanas, meses, y si Toni sentía algo más que afecto por ella…

Estaban en la loma, con el pueblo que surgía a su izquierda lo mismo que una alfombra de casas repartida por la suave ladera en dirección al valle y el río. Ni siquiera habían tenido que caminar demasiado o alejarse mucho. Pasar del asfalto de las calles a la tierra se hacía con solo desplazarse unos metros. Era el lugar en el que siempre solían jugar de niños, entre los árboles que todavía se mantenían milagrosamente en pie frente al desarrollismo urbano, aunque allí esas cosas fueran mucho más lentas que en una ciudad.

Victoria no quiso esperar.

—¿Para qué querías verme?

Se dio cuenta de su brusquedad demasiado tarde.

No facilitaba las cosas, al contrario.

—Es que últimamente apenas si estamos juntos —argumentó Toni.

—Trabajas.

—Ya, pero encima siempre estás complicada. —El joven desvió los ojos hacia la lejanía, allá donde se estaba poniendo el sol—. ¿Hace falta un motivo para vernos?

—No.

Parecían extraños. Los ojos de Victoria siguieron el mismo camino que los de su compañero cuando él los depositó en ella.

—¿Qué tienes? —preguntó Toni tras unos segundos de silencio.

—¿Yo?

—Estás rara.

—Cosas mías. —No quiso darle importancia, aunque volvía a sentir aquella mano invisible apretándole el corazón.

—Me dijo Ángel que el domingo te dejó sola en la discoteca.

—¿Qué más te dijo? —Hundió en él sus ojos acerados.

—Nada.

Temió que le preguntara lo más obvio, cómo había vuelto al pueblo.

El muchacho no lo hizo.

—Toni, escucha…

No la dejó hablar.

Se acercó a ella, le pasó un brazo por encima de los hombros, y luego acercó su rostro al suyo hasta besarla en los labios.

Victoria se quedó sin aliento.

Paralizada.

Pero a diferencia del domingo por la noche, en el automóvil de don Gaspar, ahora su corazón era una locomotora.

No pudo abrir los labios.

Lo intentó, pero no pudo.

Llevaba tanto tiempo esperando aquel beso, ¡tanto!, y se lo daba justo cuando aún sentía en los labios la huella de la repugnante boca de don Gaspar.

Toni se apartó unos centímetros.

—Victoria...

No podía hablar. Recordaba las palabras de la locutora de la radio. Su única reacción posible, antes de que él le preguntara qué le sucedía, fue abrazarlo, muy fuerte, y romper a llorar.

—¿Qué tienes? —Se asustó él.

—Nada —logró articular las dos sílabas y luego agregar—: Nada, en serio... Me ha gustado mucho.

—¿De verdad?

—Toni. —Lo miró fijamente—. Prométeme que un día nos iremos de aquí.

—Claro que nos iremos.

—Juntos.

—Victoria. —Quiso besarla de nuevo, pero ella se lo impidió.

—Por favor... —Las lágrimas le caían por los húmedos cauces de las mejillas.

—Estás mal, ¿verdad?

—Sí —admitió la joven.

—¿Son tus padres? ¿Hay mal rollo en casa?

—No. —Lo tranquilizó mientras le acariciaba el pelo.

Lo intentó por segunda vez. Y por segunda vez ella contuvo su gesto, aunque era lo que más deseaba en el mundo, besarlo, ser besada, cerrar los ojos y olvidar, sumergirse en aquella caricia tan hermosa y reveladora.

—Ahora no, por favor, déjame —le suplicó Victoria.

—Vale. —No lo entendió Toni.

—No te enfades.

—¿Y qué quieres que haga?

—Dime solo que me quieres.

—¿Es eso?

—Dímelo.

—Tú ya deberías saber...

—No, no lo sabía —le reveló—. Puede que lo supiera todo el mundo menos yo, así que dímelo, por favor. Necesito oírlo.

—Te quiero.

—Otra vez.

—Te quiero.

—Toni... —El abrazo fue intenso. Compartían ya un mismo espacio, sin fronteras—. Deberás confiar en mí.

—Ya lo hago.

—Dime que estarás conmigo pase lo que pase.

—Me estás asustando. —Intentó deshacer aquel abrazo de hierro para mirarla, pero ella no se lo permitió.

—Lo que acabas de darme es lo más grande, ¿sabes? Es justo lo que me hacía falta, pero antes de... antes de... —Sus palabras se quedaron cortadas por segunda vez, sin poder concluir la frase—. Sé que si te tengo podré hacer lo que tengo que hacer.

—No entiendo nada.

Ahora sí se apartó de él. Quedó cerca, a menos de un palmo, aspirándolo, absorbiéndolo con los cinco sentidos, los ojos llenos de amor, la nariz llena de su aroma, los oídos llenos de sus palabras, los labios llenos de su sabor y las manos llenas de su contacto. Ahora Victoria lo acarició, la cabeza, la mejilla.

Desparramó todo su amor sobre él.

—No es un sueño, ¿verdad? —susurró.

—Para mí sí. —Se rindió Toni.

—Quédate aquí, ¿de acuerdo? —La besó en la comisura del labio.

—Pero...

—Chist...

Victoria se levantó. La última mirada fue cómplice de todos sus sentidos abiertos como poros en la piel. No necesitó más.

Echó a andar en dirección a las primeras casas.

—¡Te quiero! —le recordó Toni.

Ahora lo sabía, por fin.

Y era lo último que necesitaba para sentirse fuerte.

14

Las primeras sombras del anochecer se proyectaban sobre el pueblo cuando se detuvo delante de la casa de don Gaspar.

De niña le parecía maravillosa, tan grande y espectacular, la mejor y más bonita casa de cuantas conociera o imaginara. No existía ninguna mansión parecida, no ya en el pueblo, sino en los alrededores o en las localidades vecinas. Rodeada por un amplio seto que la envolvía por completo y que incluía un bosque y una enorme extensión de tierra, se recortaba entre los árboles con su señorial estructura de más de cien años de antigüedad. Allí dentro había piscina, una pista de tenis, otra de *squash*, un frontón. Y en la casa existía otra piscina, cubierta, de agua cálida, un sauna, un jacuzzi, un baño de hidromasaje, una sala de juegos con un billar y otras delicias. Los que hacían obras o remiendos lo contaban, como el Julián, que decía que los suelos eran de mármol y los cuartos de baño de colores.

Sí, de niña era el palacio de sus sueños. Decía que viviría en una igual o mejor aún, se casaría con uno de los nietos de don Gaspar, o incluso con el

hijo pequeño, que tenía cuatro años más que ella, aunque era el más inútil de toda la familia.

Ahora, en cambio, la veía igual que si fuera un mausoleo del cementerio.

El lugar más tétrico y fúnebre del mundo.

El corazón del mal.

　　Se los imaginó allí dentro a todos, a punto de cenar. Don Gaspar, su mujer, ese hijo pequeño que todavía vivía con ellos, y tal vez el resto, por el motivo que fuera, los casados y las casadas, con los nietos del amo.

　　El amo.

Don Gaspar besando a su mujer, acariciando a sus hijas o sentando a los pequeños en sus rodillas para jugar con ellos. El mismo don Gaspar que cuarenta y ocho horas antes la había tocado pretendiendo...

Sintió tanto asco que escupió al suelo.

¿Ejercía la vida una suerte de equilibrio compensatorio para que lo bueno y lo malo se nivelaran? ¿Era casual que en el estrecho margen de dos días le hubiera sucedido lo peor y lo mejor de su existencia? Porque si era así, no estaba muy segura de entender los mecanismos del destino. Ahora ni siquiera podía disfrutar del amor de Toni, de sus besos, puesto que en su mente apenas si cabía lugar para nada más que no fuera aquel resentimiento hacia el dueño del pueblo y de sus vidas.

—Cabrón... —susurró sin apenas voz.

El detonante había sido aquel aumento de sueldo, lo sabía.

El colmo de tanta monstruosidad.

La rabia era cada vez más fuerte, aunque en el fondo ya supiera qué iba a hacer.

Solo necesitaba el valor final o llenarse de más y más resentimiento.

Cargar las pilas.

Justo cuando la contemplación de la casa le pesó en el alma hasta sentir que se la aplastaba, Victoria se dio media vuelta y emprendió el camino de su casa.

Nunca supo si tardó más o menos. Imposible saber con quién se había cruzado. Ni recordaba haber dicho hola o buenas noches a nadie. Paso a paso, con la mente invadida de furias, hizo el camino más largo que jamás hubiera hecho. Cuando se encontró frente a la puerta, vaciló solo una vez.

El valor fue como el ave fénix: murió ahí mismo y renació ahí mismo.

Victoria abrió la puerta, la cerró sin hacer ruido, fue directo a la cocina, donde sabía que encontraría a su madre y nada más comprobar que era así le dijo:

—Mamá, quiero hablar contigo.

15

Ramón Mateos daba la impresión de haber caído de alguna parte, porque de pronto parecía aplastado en la butaca. Miró a Luisa absolutamente desguarnecido, con una consternación que iba más allá de la mera sorpresa.

—¿Qué... estás diciendo? —Apenas logró articular.

—Lo que has oído.

—Pero esto...

Se encontró con la mirada quebrada de su esposa, todavía de pie, con las manos unidas en un gesto de medida ansiedad. Se le notaba que había llorado. Ahora ya no lo hacía. El sesgo de sus labios, las mandíbulas, incluso los ojos, era duro. El de una madre herida. Toda su serenidad latía en aquel compás de espera, su quietud, su silencio. Ella también sabía que él necesitaba asimilar lo que acababa de decirle.

Lo más parecido a que el sol se estaba apagando.

—¿Estás segura?

—Ramón, por Dios.

—¿Dónde está Victoria?

—En su cuarto, pero ahora no vayas. Lo ha soltado todo y lo que más siente, por encima del asco, es vergüenza.

—Pero debo...

—Mañana, por favor. —Fue terminante su mujer—. Se ha venido abajo y necesita recuperarse anímicamente. ¿Sabes lo que le ha costado dar este paso? Todas las niñas en su misma situación se sienten culpables, como si fueran las responsables. Es con lo que juegan esos asquerosos para dominarlas y asegurarse su silencio.

Ramón Mateos fue incapaz de levantar una mano. Seguía pegado a la butaca. Luisa, ahora sí, se sentó en una de las sillas, frente a él. Su marido la admiró. Fue algo instintivo, soterrado, al margen de lo que acababa de decirle. Ella era la fuerte, siempre lo había sido. Fuerte, capaz, serena, firme. No había hecho ningún drama, no había entrado gritando y llorando, tirándose de los pelos. Siempre sabía controlarse, lo cual no impedía reacciones furibundas, de casta, de mujer peleona. En cambió él... apocado, triste, sin iniciativa, falta de empuje...

Esto iba más allá de Victoria.

Afectaba toda su vida.

—Escucha. —Consiguió acompasar un par de sus pensamientos—. Las jóvenes, a la edad de Victoria...

—No, Ramón. —Luisa movió la cabeza de lado a lado.

—¡Pero se trata de don Gaspar! —gritó por fin.
—Precisamente por eso. Ni lo está inventando, ni es una niña, ni ha sido nunca una mentirosa con ganas de hacerse notar. Lleva unos días muy rara, y yo recuerdo cómo vino el domingo por la noche, aunque precisamente por estar rara la dejé por imposible y me fui. Ahora ha explotado. Yo sé que es verdad, y tú también, porque se trata de tu hija.
—Luisa...
Una vez más, no lo dejó terminar.
—Esto sucedió el domingo —recapituló—. El lunes, qué casualidad, don Gaspar te llama a su despacho y te sube de categoría con un aumento de sueldo. Oportunísimo.
Ramón Mateos cerró los ojos, atravesado por aquel rayo.
—Me dijo que... había llevado a la niña, que se la encontró en la carretera y que... estaba un poco alegre.
—¿Te dijo eso? —Se encrestó Luisa.
—Sí.
—¿Te dijo eso el día del aumento?
—¡Sí!
—Hijo de puta...
—¿Piensas que se estaba cubriendo las espaldas por si ella decía algo?
—¿A ti que te parece? ¡No seas ingenuo, Ramón!
Llevaba un día en la gloria, en el limbo de los elegidos. El ascenso y el aumento lo habían hecho

sentirse importante, el mejor, el hombre que siempre deseó ser y nunca era.

De pronto, hasta eso era mentira.

No tenía nada.

Una hija encerrada en su habitación, víctima de un abuso.

—¿Qué vamos a hacer? —Recuperó todas sus inseguridades.

—No podemos fingir que no ha pasado nada ni mirar para otro lado. Es nuestra hija.

—Una niña de quince años.

—Precisamente por eso. Si le fallamos ahora…

Fallar. Perderla.

La otra opción era perder lo demás.

—¿Quieres…?

—Denunciarlo, sí —lo expresó con palabras.

—Es don Gaspar —gimió él tan dolorido que casi pareció una rendición.

—Es el hombre que ha intentado abusar de nuestra hija, y que le puso las manos encima y la boca… —Luisa apretó los puños.

La leona herida se rebelaba.

—Solo la tocó.

—¡Porque ella se fue corriendo cuando pudo reaccionar! —La mirada de su mujer se revistió de incredulidad—. ¡Por Dios, Ramón! ¿Estás tonto o qué? ¿Qué te pasa?

—¡Me pasa que es don Gaspar! —se lo repitió aún más crispado.

—¡Como si es el papa de Roma!

—Cariño, espera, espera... Hemos vivido aquí toda la vida, siempre hemos trabajado para él, todo el pueblo lo adora, dicen que es...

—Es un cerdo que se ha quitado la careta una vez, y lo ha hecho con nuestra hija. ¡Para mí es suficiente!

—A ti nunca te ha gustado.

—Sabes lo que le hizo a mi madre cuando supo que yo votaba al PCE*.

—¡No tienes pruebas!

—Vamos, por favor. —Su mueca fue de cansancio y desagrado—. ¡La despidió! De todas formas esto no tiene nada qué ver. Si Victoria no hubiera tenido la cabeza bien asentada sobre los hombros, si hubiera cedido por miedo o interés... —Se estremeció y entonces miró a su marido más y más dolorida—. Ramón, sé que es duro, que te está costando asimilarlo, como me ha sucedido a mí, pero... no podemos bajar la cabeza. Del orgullo no se come, ya lo sé, pero es todo lo que algunas personas podemos mostrar.

—¿Y si piensa que lo hacemos por dinero?

—Me da igual lo que piense. Es mi hija y está asustada, como si la culpa fuera suya. Esto puede destrozarle la vida.

—¿No crees que se la destrozará igual?

—No. —Fue categórica—. Una cosa es tener una herida, y otra muy distinta llegar a sentirse

---

* Partido Comunista Español.

muerta por dentro. Prefiero lo primero que lo segundo, y que se sienta orgullosa de sí misma y de sus padres. Tú sabes que tengo razón. Tienes miedo y lo entiendo. Pero también sabes muy bien lo que hay que hacer, aunque te parezca demasiado increíble porque es un golpe... —Ahora sí pareció que iba a volver a llorar—. Somos personas normales, vulgares y corrientes, pero seguimos siendo personas, Ramón. No pueden pisotearnos. Y por encima de esto sigue estando ella. Si le fallamos ahora, si la dejamos sola con esto...

No agregó que la perderían. No hacía falta.

—Mañana hablaré con don Gaspar —prometió él.

—¡No, Ramón!

—Déjame que hable con él, que le vea la cara, que me dé su razón.

—¿Crees que lo reconocerá, que se echará a llorar y te pedirá perdón? ¡Te contó que la recogió bebida y no lo estaba!

—Déjame que lo haga, por favor. Después haremos lo que tú digas.

Se miraron a los ojos.

La guerra de una frente a la falsa paz del otro.

—Está bien. —Se rindió Luisa.

MIÉRCOLES

16

Rosana estaba en la esquina de su calle, esperándola, nerviosa. Victoria no supo si alegrarse por eso, pero casi de inmediato reconoció que sí, que necesitaba su apoyo, hacer el camino hasta el colegio con ella, no encerrarse en sus pensamientos, como le sucedía cada vez que estaba sola.

El día anterior se había sentido como si todo el pueblo la mirase.

Llegó a su lado y Rosana le dio un beso en la mejilla.

—¿Cómo estás? —se apresuró a preguntar su amiga.

—Bien, mejor.

—¿Viste a Toni? —Le mostró toda su impaciencia—. No quise llamarte anoche por si no podías hablar.

—Sí.

—¿Y? —Rosana la animó a seguir.

—Me besó.

—¿Sí? —Su emoción no tuvo límites. Como si en lugar de ser el amor de su compañera fuera el suyo—. ¡Es... genial! —Dio un salto en plena calle—. Entonces, ya está, ¿no?

—No lo sé.

—Si te dio un beso...

—Fue muy bonito —reconoció Victoria con cara de ensueño—, pero yo no pude reaccionar. —La cambió por otra de tristeza—. No conseguí dejar de pensar en ese cerdo y en su beso, así que mientras Toni me besaba...

—¿No abriste los labios?

—No.

—¿No? —Se alarmó Rosana.

—¡No!

—¿Y qué dijo él?

—Le pedí que confiara en mí.

—Pero...

—Dijo que me quería.

—¿Te lo dijo? —Abrió los ojos.

—Sí, tres veces.

—Se te declaró. —Rosana puso cara de éxtasis total—. Es fantástico. ¡Qué fuerte! Me alegro tanto por ti...

Dieron media docena más de pasos, entre la nube en que de pronto parecía flotar Rosana, antes de que Victoria volviera a hablar.

—Tengo a ese... hijo de puta metido en la cabeza.

—He pensado en algo. —El rostro de su amiga se revistió de maldad—. Esta noche tú y yo llenamos el pueblo de grafitis, ¿qué te parece? Algo así como "Don Gaspar, violador" o "Don Gaspar, abusador de menores".

—He hablado con mi madre.

Rosana se detuvo en seco.

—¿En serio?

—Sí.

—¿Qué te dijo?

—Se subió por las paredes. Ella es más combativa.

—¿Te creyó?

—¡¿Por qué no iba a creerme?!

—Porque los padres a veces ya sabes como son, que si la culpa de todo es nuestra, que si es porque estamos locas, que si como vamos enseñándolo todo... —Su expresiva cara fue ahora de fastidio—. Es lo que dice mi madre. No para de decirme justo eso, que un día tendré un disgusto. Ahora con lo tuyo...

—Mi madre es diferente. Puede que sea de las pocas personas del pueblo que no le lamen el culo a don Gaspar.

—Victoria, ¿y ahora qué? —Volvían a caminar una al lado de la otra y la pregunta tuvo un halo de inquietud—. Don Gaspar será un cerdo, pero aquí es Dios.

—Mi madre se lo contó a mi padre.

—Tu padre es un buenazo, ¿qué va a hacer?

—Ha dicho que hoy hablaría con don Gaspar.

—¡Fiu! —El silbido de Rosana fue muy agudo, y con él expresó todo lo que sentía y más.

Victoria también resumió su estado de ánimo.

—Daría lo que fuera por no tener que ir a clase. No puedo soportar que me hablen, que me miren, que me toquen... Salto por nada.

—Estoy contigo, ¿bueno?

—Ya lo sé.

—No me separaré de ti, seré tu ángel de la guarda. ¡Cielos! —Apretó los puños y dio otro salto—. ¡Deberías estar en una nube! ¡A la mierda don Gaspar! ¡Toni te dijo que te quería, y te besó! ¡Esto es...!

—¿Y qué hago con la mierda que me llena la cabeza? —Suspiró dolorida.

—Limpiarla. Y es lo que haremos, tranquila. Sabiéndolo tu madre...

Victoria pensó en su padre.

En la fábrica, tal vez ya con don Gaspar en aquel momento.

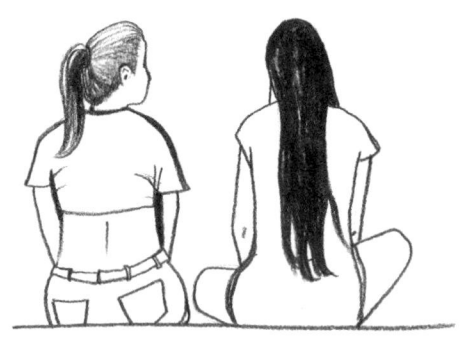

17

Dos días antes había hecho aquel camino nervioso y preocupado, preguntándose qué querría don Gaspar de él. Luego, al salir de su despacho, lo hizo en una nube, pisando fuerte, con ganas de gritar y echar a correr para llegar cuanto antes a su casa y contárselo a Luisa.

Ahora volvía a recorrer el camino más nervioso y preocupado de lo que jamás hubiera imaginado.

Tendría delante no al dueño de la fábrica y de su futuro, sino al hombre que había tocado a Victoria.

Tocado a Victoria.

Las palabras, tanto como la imagen, las tenía hundidas en su mente.

Como padre, sentía más y más la rabia, sobre todo después de haber pasado la noche prácticamente en vela, incapaz de conciliar el sueño. Como ser humano, sentía asco y decepción, la desesperación de la impotencia. Como empleado de don Gaspar, en cambio, experimentaba aquella mezcla de miedo y frustración, el terror elevado a la suma potencia.

Iba a enfrentarse con el poder.

Él.

Que nunca había luchado por nada, salvo cuando se enamoró de Luisa y fue capaz de conquistarla.

El camino, su calvario personal, llegó al final. Se detuvo frente a la mesa de Mónica, la secretaria de don Gaspar, y esperó a que ella levantara la cabeza del teclado del computador.

—¡Señor Mateos! ¿Otra vez por aquí? —Lo saludó mostrándole su pequeña sorpresa.

—Debo hablar con don Gaspar.

—No lo ha llamado de nuevo, ¿verdad?

—No.

—Entonces...

—Es personal.

Mónica alzó las cejas. Don Gaspar no estaba para atender asuntos personales. Don Gaspar tenía una cadena de mandos, y él estaba arriba. Don Gaspar no recibía a empleados en su despacho. Don Gaspar...

—Pero señor Mateos, ahora...

—Dígaselo.

—Está bien. —No ocultó lo irregular que le parecía esto—. Espere un momento, por favor.

No se movió de donde estaba, aunque ella le indicó la salita frontal, en la que se ubicaban dos butaquitas y un sofá. Por las paredes se repartían diversos cuadros con vistas aéreas del pueblo y la fábrica, así como otras fotografías, antiguas y modernas, de la misma fábrica. Las imágenes de cien años antes, con obreros de rostros cetrinos y bigotudos, que llevaban gorras y trajes de pana, contrastaba con las más recientes, las de los últimos veinte o treinta años. Un largo camino para la empresa que había sustentado al pueblo en aquella parte de su historia.

Y siempre la misma pregunta:

¿Qué sería del pueblo sin la fábrica?

Ramón Mateos temió moverse, aunque lo que más deseaba era poder hacerlo, dar un paso, liberar sus nervios y desanquilosar los músculos, ahora agarrotados y en tensión.

Sentía cómo le invadía un ataque de pánico.

Ahí, el silencio era solemne, contrastaba con el ruido que debían soportar los demás, el polvo de la cerámica o los componentes, la...

Mónica salió por la puerta del despacho.

—Lo siento, señor Mateos —se excusó la secretaria, amable, aunque segura de sus argumentos—. Don Gaspar está reunido ahora mismo, y tiene para todo el día. Y mañana lo mismo. Me ha preguntado de qué se trataba.

—Ya le he dicho que era un asunto personal.

—¿Por qué no lo habla con el señor Quesada?

Era inútil.

—Gracias, señorita Mónica.

—No hay de qué.

Con la cabeza baja, Ramón Mateos reemprendió el camino de regreso a su puesto de trabajo.

18

Nada más escuchar el sonido de la llave en la cerradura, Luisa salió al encuentro de su hija mayor. Diferenciaba perfectamente la forma de llegar a casa de cada cual, apacible Ramón, caótica Herminia y rotunda Victoria. Ningún detalle cambiaba los rasgos esenciales, la huella de su manera de ser. Su hija todavía estaba cerrando la puerta cuando ella ya estaba ahí, esperándola, más nerviosa que nunca.

—Hola, mamá. —Victoria se la encontró casi encima.

—¿Cómo estás?

—Bien. —No hubo incomodidad pero sí recelo.

—Pero...

—Estoy bien, en serio. —La apaciguó—. Más tranquila después de contártelo todo.

—Te quitaste un peso de encima.

—Sí.

Victoria se dirigió a su habitación, con su madre detrás. No intentó aislarse. Después de todo reconocía que necesitaba compañía, hablar, no sumergirse en el caos. Sus recelos finales desaparecieron al entender que aquel ya no era un problema suyo, personal, como otros, sino de todos ellos.

Hizo lo que su madre esperaba que hiciera.

Dejar la mochila sobre la cama, retroceder y abrazarla.

Luisa le besó la cabeza.

—¿Qué vamos a hacer? —musitó Victoria.

—Esperar a tu padre.

—¿Qué crees que le habría dicho ese…

—No lo sé.

—Yo es que… —Tuvo un estremecimiento claro—. No quiero verlo, ¿entiendes? Aunque me pida perdón, y se invente cualquier excusa… No quiero verlo, mamá. Por favor.

—Tranquila.

No dejó de hablar, al contrario.

—Es un cerdo, un asqueroso cerdo…

—Victoria, te lo repito: tranquila. No estás sola. Lo único que lamento es que no nos lo contaras antes, el mismo domingo por la noche.

—No podía.

—Ya lo sé, y lo entiendo. Pero tú no hiciste nada.

—Todo el mundo dice que visto de una forma…

—Victoria. —Dejó el abrazo para mirarla fijamente—. Una cosa es una cosa; y otra, otra. Tienes quince años y tu propio estilo. Con eso no me meto. A veces pienso que sí, que te pasas un poco, aunque puedes lucirlo porque tienes una figura preciosa. Pero que no me guste o no me parezca del todo

bien no significa que nadie deba tomarte por lo que no eres o creerse que todo el monte es orégano. Yo también tuve mis más y mis menos con mi madre a tu edad, como cualquiera, y mi madre me gritaba que era una licenciosa y que acabaría embarazada.

—¿Ah, sí?

—Te lo digo ahora porque eres mayor, y sin que sirva de precedente. —Quiso dejarlo bien claro.

—¿Alguien te hizo algo alguna vez?

—No.

—Y si te hubiera sucedido a ti, ¿qué habrías hecho?

—Lo que tú: decírselo a mis padres.

—¿En serio?

—Sí, hija, en serio. No te hemos educado como una tonta que deba callar algo así, al contrario. Si un hijo no confía en sus padres en un caso como este, es que los padres lo han hecho mal y no se han sabido ganar su confianza y el hijo es un mezquino que no cree en ellos.

—No es tan fácil, mamá.

—Precisamente por eso —repuso su madre—. Porque no es fácil y ahí se demuestra el talante de las personas. Tienes quince años. No eres una mujer, pero tampoco una niña.

—Si le hubiera sucedido a Herminia...

—Cállate. —La que se estremeció ahora fue Luisa.

Escucharon otro sonido procedente de la puerta. La que llegaba ahora era precisamente la pequeña de la casa. Oyeron su "¡Ya estoy aquí!" gritado a todo pulmón y, sin apenas darse cuenta, bajaron la voz.

—Tu padre tarda. —Arrugó la cara la mujer.

—Querrá comprarlo, lo sé. Y papá no es como tú, es de los que se dejan pisar. No tiene carácter.

—Victoria, no digas eso —la conminó su madre—. En primer lugar, cada cual es como es. Pero, en segundo lugar, no pienses así de tu padre. Nunca. Es una extraordinaria persona, y mataría por nosotras.

—¿Lo ves capaz de entrar al despacho de don Gaspar y darle dos bofetadas?

—Eso no tiene nada qué ver. No es violento, de acuerdo. No me gustaría que hiciera algo así. Lo que sí sé y puedo asegurártelo es que ni está en venta, ni es un cobarde, ni te abandonará. Es tu padre y has de estar orgullosa de él.

No pudo responderle. Herminia apareció en la puerta de la habitación, con los ojos muy abiertos y cara de intriga.

—¿De qué están hablando con tanto secreto? —preguntó.

—De nada. —Fue rápida su hermana mayor. Demasiado.

—Victoria, díselo.

La joven miró a su madre con ojos doloridos.

—¿Decirme qué?

—Victoria... —repitió Luisa.

—¡No! —gimió ella acorralada.

—Es tu hermana y tiene derecho a saberlo. Somos una familia, no lo olvides. Se enterará igual cuando vayamos a denunciarlo.

—¿Denunciar? —Herminia acusó la sorpresa—. ¿A quién vamos a denunciar?

19

Ramón Mateos salió de su escondite, al amparo del muro que rodeaba la fábrica, al ver acercarse el auto de don Gaspar por la avenida central, emergiendo de la zona de estacionamiento destinada a los ejecutivos y a los visitantes. Sabía que el automóvil tenía que reducir la marcha para salir a la carretera, y frenar antes de acceder a ella para respetar el *stop*.

No lo pensó dos veces.

Lo interceptó poniéndose en mitad de la calzada obligándole a detenerse para no llevárselo por delante.

El conductor tocó el claxon.

Luego lo reconoció, vaciló un instante, largo, muy largo, en el que pareció dispuesto a eludirlo para continuar la marcha y, ante la imposibilidad de hacerlo, acabó bajando la ventanilla, molesto.

—¡Hombre, Ramón, que casi lo aplasto! ¿Se ha vuelto loco? ¿Qué hace?

—Debo hablar con usted.

—¡Será posible! ¿Pero qué es eso tan urgente, maldita sea? Ahora no puedo. Mañana…

—Ha de ser ahora, don Gaspar. Es sobre Victoria.

Seguía delante del morro del auto. No se había apartado para colocarse junto a la ventanilla. No quería perderlo.

El pulso ocular fue rápido.

—¿Qué le pasa a Victoria?

—Usted lo sabe.

—¿Yo? —La cara fue de clara sorpresa—. No, no lo sé.

—El domingo se la encontró —dijo Ramón Mateos.

—Sí, ya se lo dije.

—No estaba bebida.

—Bueno. —Se encogió de hombros—. No esperaría que su hija lo reconociese. Los jóvenes...

—Dice que usted intentó abusar de ella, don Gaspar.

El ramalazo brotó en lo más profundo de las pupilas. No le pasó inadvertido. Fue un destello fugaz, que nació y murió al borde de su falsa impasibilidad.

Ramón Mateos admiró su temple.

Tanto como exiguo era su valor, a pesar de lo que estaba haciendo empujado por una sola idea: no fallarle a su familia, a Victoria.

—¿Cómo dice? —manifestó el dueño de la fábrica.

—Lo que ha oído.

Otra pausa, tan breve como la primera, y con la misma intensidad en sus miradas.

—Suba, suba, hágame el favor. —Acabó reaccionando don Gaspar—. No vamos a quedarnos aquí como pasmarotes hablando a gritos y más de semejante... ¿Que su hija le ha dicho qué?

Estaba entrando al auto. Se sintió como si incursionara en terreno enemigo. Nunca había estado en un vehículo como aquel. Valía lo que él debía de ganar en dos o tres años.

—Póngase el cinturón —le advirtió don Gaspar.

Se atropelló, pero lo hizo. Temblaba y sus movimientos eran torpes. Y mientras conectaba la lengüeta metálica con su asidero, recordó que ahí mismo, en aquel asiento, tratando de liberarse del mismo cinturón diabólico, había estado Victoria el domingo por la noche.

Eso le hizo recuperar la furia.

—Y ahora, veamos —repitió don Gaspar poniendo el auto de nuevo en marcha—. ¿Qué es lo que ha dicho?

—Usted intentó abusar de mi hija el otro día, señor. —Se sobrepuso al miedo.

El dueño de la fábrica le lanzó una mirada iracunda.

—Está bromeando, ¿no?

—No, señor.

—Pero... —Golpeó el volante con violencia, tan inesperadamente que su compañero se asustó—. ¿Se puede saber de qué me está hablando?

—La recogió haciendo autostop y...

—¡Sí, la recogí, claro que la recogí, no faltaría más, porque iba bebida y Dios sabe quién podía haber pasado por esa carretera y subírsela! ¡Qué barbaridad! ¿Se puede saber qué les pasa a los jóvenes de hoy? ¿Cómo se le ocurre...? Bromee con ella, como haría con una hija, para tranquilizarla, porque estaba muy nerviosa. —Otra mirada más y más preocupada—. ¿Y le ha dicho que yo...? Usted no le habrá creído, claro.

El silencio de Ramón Mateos, mirando la carretera desde aquel rincón oscuro, le hizo efectuar una maniobra absurda, casi saliéndose de la cinta de asfalto.

—¡Ramón, por Dios! —repitió alzando la voz, casi conminándole—. ¡Usted no le habrá creído!

—Es mi hija, don Gaspar —logró proferir.

—¡Pues por eso mismo! Yo también he sido padre, y ahora soy abuelo. Los dos sabemos lo que inventan por los motivos más insospechados, hacerse notar, para cubrir suspensos y malas notas, desviar la atención de otras cosas... Claro que semejante monstruosidad... Vamos a ver, hombre de Dios. —La velocidad era ahora reducida—. Por lo que sé, su hija... y perdone que se lo diga, siempre ha sido conflictiva.

—¿Mi hija? No, no señor —respondió rápido el padre de Victoria.

—¿Otro que va con la venda en los ojos? ¡Válgame el cielo!

—Don Gaspar, no lo consiento...

—¿Consentirme? —Lo detuvo con toda su autoridad, la del hombre habituado a mandar desde siempre—. ¿Usted consentirme a mí, cuando me está acusando de una perversión abominable? ¿Se ha vuelto loco? Antes de ir por ahí diciendo estupideces mire en su propia casa, Ramón, no sea cómplice de las fantasías de una niña que desde luego está claro que se ha vuelto loca. ¡Mire cómo viste, por Dios! ¡Es guapa y lo sabe, pero está en una edad peligrosa, la peor!

—Victoria es una buena chica, incapaz de mentir. Es muy legal.

—Vaya, ya me habla como ellos. ¡Legal! Mi nieto Juan emplea la misma palabra. —Estaban llegando a la entrada del pueblo, donde la carretera se bifurcaba para entrar a él o rodearlo por abajo. La casa de don Gaspar estaba en ese lugar—. Mire, iría con usted a su casa si no fuera porque me esperan y porque sería darle una importancia a ese desatino que no la merece. Voy a hacer ver que no me ha dicho nada y aquí paz y luego gloria.

Ya no había vuelta atrás. Ramón Mateos lo sabía.

Era un suicidio, pero no le gustaba la reacción de su jefe.

Y tenía que creer en su hija, en Luisa, en su familia.

—¿Por qué me subió el sueldo el lunes, señor?

—¡Me porto bien y encima...! —don Gaspar volvió a gritar y no tuvo más remedio que detener el auto en el arcén—. ¡Usted es uno de mis mejores empleados! ¡Precisamente al llevar a su hija en el auto pensé en usted y me dije: "Ese hombre se lo merece, y más con una hija que puede traerle tantos problemas yendo en autostop, pese a las medidas dictadas por el Ayuntamiento para prevenir problemas, y encima bebida". Eso fue lo que pensé.

—No hable así, ¿quiere? —le dijo con dolor.

—¡Mire, Ramón, hablo como me da la gana, y más en mi auto! ¿Cómo quiere que se lo diga? ¡Me acusa de algo monstruoso, a mí, a Gaspar Fernández Solano, padre, abuelo, compañero de mis amigos! ¡A mí! —Se puso una mano en el pecho con digna solemnidad—. Si no fuera usted quien es y entendiera que esa niña lo ha confundido, ya lo habría echado del auto a patadas y adiós trabajo. —Dejó que ese concepto flotara con todo su peso entre ellos—. Si hablo con usted, si le presto siquiera estos minutos de mi tiempo, es porque comprendo que ha de estar... no sé, ofuscado, aturdido. ¡Me hace esto a mí una hija y la mato, se lo hago tragar todo a base de bofetadas! Y ahora... —Miró su reloj con un gesto agotado—. Ande, ande, bájese aquí porque yo voy a mi casa y lo aparto de la suya.

No podía decir nada más.

Se quitó el cinturón, abrió la puerta, salió del auto.

—¡Y cuidado con esa niña, Ramón! ¡Mucho cuidado! ¡No juegue con fuego o lo llevo a los

tribunales por difamación! —Fue lo último que escuchó de labios de don Gaspar antes de que arrancara el auto y se alejara de ahí a toda velocidad, mucha más de la permitida en ese lugar.

20

Había terminado la explicación, la somera descripción de los hechos, paso a paso. Su madre las había dejado solas, como hermanas, pero también como amigas, obligadas a necesitarse el resto de sus vidas, más allá del tiempo en el que ellos vivieran. Siempre les inculcó el amor y el respeto mutuos, la alianza, que fueran compañeras, jamás rivales. Fuertes en su unidad. Para Herminia las cosas todavía no estaban del todo claras, necesitaba más referencias, más puntos de apoyo, el impulso final que la llevase a la adolescencia y, por tanto, al albor de la vida. Pero Victoria sí era consciente de ello.

Mientras hablaba, no dejó que la niña la interrumpiera ni interviniera. Quería soltarlo, no discutirlo. Al menos no antes de vaciarse.

Victoria nunca olvidaría que fue pensando en Herminia cuando se dio perfecta cuenta de lo que tenía que hacer.

Concluyó su relato y entonces sí se enfrentó a la incrédula mirada de su hermana menor.

Estupefacta.

—¿Te hizo daño? —fue lo primero que preguntó.

—Físico, no.

Herminia continuó en silencio, como si despertar a la vida y a la realidad la anonadase.

—Se lo conté anoche a mamá. —Suspiró Victoria.

—Don Gaspar tiene... cien años, ¿no?

—Sesenta.

—¿Para qué querría...? —Se dio cuenta de la tontería que iba a decir y calló.

—No importa que fuera un mal momento, ni que estuviese borracho o creyese que yo... —Arrugó sus facciones con asco—. Lo único que importa es que lo hizo.

—Esto va a ser una bomba, ¿verdad?

—No lo sé. —Fue sincera Victoria.

—Tú qué piensas.

—¿Qué quieres decir?

—Has dicho que querías denunciarlo.

—Sí.

—¿A la Policía?

—A la Guardia Civil del pueblo, sí —se lo confirmó Victoria.

—Pues será una bomba —insistió Herminia.

—Yo no la he puesto.

—¿Y si no dijeras nada?

—¿Quieres que me calle, y que se callen papá y mamá?

—No —reflexionó la niña.

—Mira —dijo Victoria—, todo ha cambiado desde el domingo. Todo, mi vida, lo que sentía, lo que pensaba. Hay un antes y un después, y no quiero que el después se me coma por dentro. ¿Qué habrías hecho tú?

—Pegarle un tiro.

—Pues en eso estamos, aunque sin tiro —repuso ella—. Para eso está la ley.

—¿La ley? —Su hermana no era tonta, pertenecía al pueblo, como cualquiera—. ¡Don Gaspar es la ley!

—Herminia, no estamos en tiempo de ese hombre, el de la dictadura que tuvieron que soportar papá y mamá de niños, ni esto es un pueblo del Oeste con un *sheriff,* indios y el cacique de turno.

—¿Que no es un cacique? Ahora entiendo por qué le subió el sueldo a papá.

—No eres tonta —asintió Victoria.

—¿Y si lo despide? —Hizo aún más extensiva su lógica.

—No sé si podrá hacerlo. —La joven no ocultó su preocupación—. Sin motivo... Lo peor puede que ni siquiera sea esto.

—¿Qué es lo peor?

—Que se trata de su palabra contra la mía, porque nadie me vio subir a su auto y nadie me vio bajar de él.

—Pero de camino al pueblo, por la carretera...

—¿Quién se fija en los autos de noche, y en quién los lleva o quién acompaña al conductor?

—¿Y qué? —Herminia se aferró a su verdad—. Nadie pensará que vayas a inventarte algo así.

La última inocencia.

Victoria la cogió de las manos.

—Tú tienes razón y él no —quiso insistir la niña.

La sombra de don Gaspar se hizo omnipresente entre las dos.

—¿Estarás conmigo? —preguntó Victoria.

—Claro.

—Vas a oír cosas duras, ¿sabes?

—Bueno. —Apretó las mandíbulas.

—Y haz el favor de no pelearte con nadie.

Sabía que eso ya no se lo podía prometer, porque era imposible.

Herminia se abrazó a ella.

Cuando escucharon la llegada de su padre, apenas unos segundos después, continuaban abrazadas, en silencio, sin darse cuenta de que, por la rendija de la puerta entreabierta, su madre las observaba dominando sus lágrimas para no traicionarse.

Las tres salieron al encuentro del recién llegado.

Les bastó con ver su cara, seria, atravesada por el vacío, para darse cuenta de que las noticias no eran buenas.

21

El cuartel de la Guardia Civil era tosco, un edificio antiguo falto de muchas cosas, entre ellas, y para empezar, de una buena mano de pintura en el muro exterior, que protegía el patio empedrado en el que se hallaban estacionadas las patrullas. Comenzaba a declinar el día, así que la sensación era todavía peor bajo la primeriza débil luz de las farolas de la calle. Con quien primero se encontraron, en la misma puerta, bajo el rótulo de "Todo por la patria" impreso sobre los colores de la bandera, fue Benito, el más veterano de los que servían en el pueblo. Se quedó mirando a los tres, Ramón, Luisa y Victoria, con cierta ingenuidad.

—Hombre, señor Ramón, ¿qué le trae por aquí? Y con la familia. ¿Qué tal, señora? Hola, Victoria.

Era un buen hombre, casado con una de por allí. Conocía a la mayoría de los habitantes del pueblo y lo conocían a él. Llevaba tres años proclamándose campeón de dominó en el bar del pueblo, en el certamen que desde hacía cuatro años se celebraba durante las fiestas, y se sentía orgulloso de su corona. Decía que si hubiera olimpiadas de dominó, se llevaba la medalla de oro. En un lugar tranquilo como aquel, Benito era el espejo de toda su paz, aunque el cuartelillo también se ocupaba de algunas poblaciones próximas y su zona de influencia era extensa.

Fue Luisa la que tomó la iniciativa.

—¿Quién es el que manda, señor Benito? —preguntó.

—¿Aquí? El teniente Morales.

—Entonces queremos hablar con él.

—¿Pasa algo?

—Sí. Necesitamos poner una denuncia.

—Oh, vaya. Un momento. —Recuperó su tono profesional—. Pasen, pasen, hagan el favor.

No se sentaron en el banco de la entrada. Esperaron de pie. Habían preferido dejar a Herminia en casa para ahorrarle determinadas situaciones en apariencia impropias de una menor. Victoria tenía los ojos fijos en el suelo, lo cual mostraba su primera vergüenza. Su padre lo miraba todo igual que si viviese una pesadilla, atrapado por el vértigo de sus emociones. La más serena parecía su madre.

Benito reapareció ante ellos.

—Por aquí, el teniente en persona va a...

Le siguieron hasta el despacho de su superior. El hombre, joven, unos treinta y pocos, revestido de cierto empaque, los recibió de pie con la mano extendida. Estaba serio. Saludó primero a Luisa, después a Ramón y finalmente a Victoria. Lo conocían de vista, aunque nunca habían hablado con él. No era como Benito o algunos de los restantes que formaban la dotación del cuartel. Esta vez sí tomaron asiento, los tres. Benito le acercó una silla a la joven.

—Ustedes dirán. —Se ofreció el teniente—. Me ha dicho Benito que quieren poner una denuncia.

—Así es —corroboró Luisa.

—¿De qué se trata?

—Abusos a una menor. ¿Se dice así?

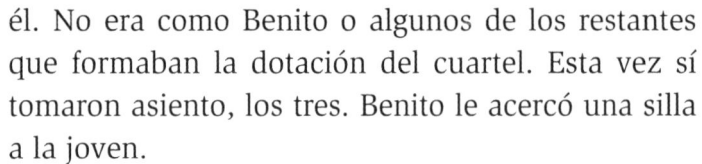

Las miradas fueron eléctricas. Del teniente a Victoria, de Benito a Luisa, de Luisa al teniente. La muchacha seguía con los ojos fijos en el suelo.

—¿Alguien te ha hecho… algo? —preguntó el superior del puesto.

Victoria asintió con la cabeza.

—Dilo —le pidió su madre.

—Sí —lo aceptó en voz alta.

—Voy a avisar… El teniente se puso de pie.

—Espere. —Lo detuvo Luisa.

—¿Sucede algo más?

—Se trata de don Gaspar.

El nombre fue una bomba arrojada entre todos ellos. Los dos guardias civiles fruncieron el ceño. Sus tres visitantes aguardaron su reacción.

—¿Cómo dice? —Volvió a sentarse el teniente Morales.

—El domingo por la noche recogió a mi hija en la carretera con su auto. No la trajo a casa. La llevó a un lugar apartado del pueblo, donde tiene un almacén, y ahí le tocó los pechos, la besó y le puso una mano en los muslos con intención de… —no quiso decirlo en voz alta—. Cuando mi hija pudo superar el impacto que todo esto le produjo, logró soltarse de su abrazo, bajar del auto y echar a correr.

Miraban a Victoria. Le caían dos lágrimas por las mejillas, fruto de su nuevo desamparo.

—Espere, espere. —El teniente Morales levantó las manos—. ¿Me está diciendo que el señor Gaspar, el que todos conocemos, quiso abusar de su hija?

—Sí, señor.

—¿Es una broma?

—¿Cree que estaríamos aquí haciéndole perder el tiempo? —dijo Luisa con amargura.

El oficial miró ahora a Ramón. No había hablado todavía.

—Oigan, esto es… muy grave, no sé si lo entienden. —Se resistió a creer lo que acababa de escuchar.

—¿Cree que no lo sabemos? —Luisa le puso la mano a su hija en la cabeza y se la acarició.

—¿Qué edad tienes?

Se lo preguntó a Victoria, pero volvió a responder su madre.

—Quince.

—¿Es como ha dicho tu madre?

—Sí.

—¿Por qué no lo denunciaste el domingo?

Victoria se encogió de hombros.

—Me lo contó ayer por la noche. —Tomó el relevo su madre—. Me consta que muchas jóvenes ni lo hacen, por miedo.

El teniente Morales se echó hacia atrás, apoyando la espalda en la silla. Meditó bien las palabras que iba a pronunciar.

—¿Conocen el procedimiento?

—No.

—Por el simple hecho de que exista esa denuncia, he de llamar a un médico forense para que examine a la niña… A la víctima —rectificó sin estar muy seguro de haber empleado el término más adecuado—. Y después ponerlo en conocimiento del juez de primera instancia, para que curse orden a la Fiscalía de Menores, que son los que se ocupan del caso. Si el juez determina que haya una ampliación de diligencias, se encargan a la Policía o, a veces, a nosotros mismos.

—¿Por qué un médico? —preguntó Luisa—. Solo fue un intento, no hubo...

—Consumación. —La ayudó el teniente—. Eso da lo mismo. Es necesaria la presencia del médico.

—Fue el domingo.

—También da lo mismo. Ya les he dicho que es el procedimiento.

—¿Y qué hace la Fiscalía de Menores?

—Lo primero, interrogar al denunciado.

Ya no dijo el nombre que todos temían.

El silencio no fue muy denso.

Por primera vez lo rompió Ramón hundiendo sus ojos empequeñecidos por la bruma en los del teniente Morales.

Su voz fue crepuscular cuando exclamó:

—Haga lo que tenga que hacer, por favor, pero curse de una vez esa denuncia, ¿quiere?

JUEVES

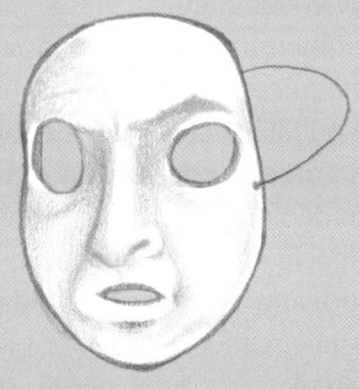

22

La mujer era joven y de aspecto agradable. Llevaba un traje chaqueta de color claro, blusa a tono, zapatos sin tacón y el cabello recogido en la parte de atrás. El rostro era limpio, sin maquillar. No lo necesitaba porque sus ojos eran muy bonitos y sus labios formaban un suave abismo en el que brillaban sus dientes muy blancos. No había en ella ninguna estridencia y Victoria comprendió que eso debía ayudarla en su cometido.

Inspirar confianza.

—Me llamo Alejandra Soto. —Le tendió la mano.

La enviada de la Fiscalía de Menores ocupó la silla frontal a la suya. No había nadie más en la salita. Estaban solas. Victoria pensó que iba a grabar su conversación, pero tampoco fue así. Las películas solían engañar. Lo único que hizo la recién llegada fue colocar su cartera en el suelo, a su lado, y depositar sobre la mesa el informe médico que acababan de hacerle.

La primera parte desagradable de todo aquello.

—¿Cómo estás? —le preguntó.

—Bien.

—¿Preocupada, asustada?

—Un poco de todo.

—Lo entiendo, tranquila —aceptó sus palabras con una leve sonrisa y un guiño cómplice antes de examinar el informe médico y agregar, más para sí misma que para su testigo—: Veamos que tenemos aquí...

Victoria siguió observando su cara.

Se preguntó a cuántas mujeres, jóvenes o no, habría entrevistado por la misma razón. Cuántas daban aquel paso. Cuántas conseguían justicia.

Justicia.

Nunca había pensado en esa palabra de aquella forma.

El bueno gana y el malo pierde.

Tenía tantas ganas de estar con Toni...

—Según esto, estás bien —comentó la mujer de la Fiscalía de Menores.

—Ya se lo dije al médico.

—Solo fueron... contactos físicos, ¿es así?

—Sí.

—Por lo cual estamos en lo mismo: se trata de tu palabra contra la suya.

—Sí.

—Según tu testimonio, nadie te vio subir a ese auto ni te vio en el lugar en que dices que se detuvo para hacer lo que te hizo.

—No, ya me había apartado mucho de la discoteca, por si tenía que regresar a pie, y una vez llegados no iba a detenerse en medio del pueblo.

—¿Pensabas hacer esa distancia a pie?

—¿Tenía otro remedio? Soy una buena andadora.

—¿Cuánto llevabas andando?

—Unos diez minutos.

—¿Paró él o lo detuviste tú?

Hizo memoria. En realidad, era la primera vez que pensaba en ese detalle.

—Pues... volví la cabeza y reconocí el auto, y supongo que él me reconoció a mí, no sé. ¿Qué importancia tiene eso?

—Puede que todo sea importante. Escucha, cariño...

No le gustó el repentino tono de condescendencia.

—Me llamo Victoria.

—Escucha, Victoria —continuó Alejandra Soto—. Esto es muy serio, ¿sabes?

—¿Porque él se llama Gaspar Fernández Solano?

—No conozco al señor Fernández —dijo ella—. Pero antes de proceder, hemos de estar seguros de todo.

—¿Y cómo pueden estarlo?

—Ese es el tema. He de hablar contigo para determinar algunas cosas.

—Yo no miento —se lo dijo por adelantado.

—Pudiste interpretar mal una broma, una caricia...

—Él me puso las manos en el pecho, me los tocó, me los presionó. Después me besó y me tocó las piernas intentando...

—Victoria, ¿puedo hacerte unas preguntas delicadas?
—Sí.
—¿Tienes problemas?
—¿Qué clase de problemas? —Se puso a la defensiva.
—Escolares, familiares...
—¡No!
—¿Tienes novio?
Lo tenía, pero eso había sido después.
—No.
—¿Has tenido algún problema con la ley?
—No.
—Puedo enterarme...
—¡Le digo que no!
—No te enfades, por favor. —Quiso tranquilizarla—. Hacer de abogado del diablo no es fácil. Quiero confiar en ti, y sacar esto adelante si es así, ¿entiendes?
—Usted no me cree.
—Yo no he dicho eso.
—Lo está pensando, que para el caso es lo mismo. Ya le han dicho quién es don Gaspar, ¿verdad?
—¿Lo llaman así, don Gaspar?
—Sí.
—Yo no lo conozco. Vengo de la capital. Lo único que me importa eres tú.
—Pues si le importo yo, créame, ¿vale? —Empezó a llorar—. Él lo hizo... Lo hizo y fue...

asqueroso… Me pasó la lengua por… —Se frotó los labios más y más crispada—. ¿Hubiera sido mejor que me violara o qué?

En esta ocasión, no encontró ningún atisbo de piedad, ninguna palabra de consuelo. Victoria intuyó que la mujer de la Fiscalía estaba entrando en la parte final de su primera toma de contacto.

—Esta mañana se ha interrogado al señor Fernández. —Volvió a emplear el apellido que nadie en el pueblo utilizaba—. Manifiesta que, en efecto, te recogió en la carretera, que tú hacías autostop, y que él, que jamás se hubiera detenido por nadie, porque no se fía de desconocidos, paró al reconocerte y, sobre todo, por tu estado.

—¡Yo no había bebido!

—¿No tomaste nada?

—¡Una Coca-Cola y un agua! ¡No sirven bebidas alcohólicas por la tarde en la discoteca! ¿Es que no lo sabe?

—¿Has bebido alguna vez?

—Sí, y no me sentó nada bien.

—¿Por qué pudo pensar el señor Fernández que estabas bebida?

—¡Es lo que él dice para justificar lo que hizo! —gritó con desesperación—. ¡Al día siguiente, por si yo lo había contado en casa, llamó a mi padre a su despacho…!

—¿Tu padre trabaja para él?

—¡Todo el pueblo trabaja para él!

—Sigue.

—¡Llamó a mi padre a su despacho, le dijo que me había recogido bebida, que no me reprendiera, que no me dijera nada, y entonces... oh, milagro, va y lo asciende de categoría y le sube el sueldo!

—¿El señor Fernández hizo esto?

—¿Qué posibilidades hay de que lo que no ha hecho en años con un empleado lo haga justo ese día?

—¿Crees que quería sobornar a tu propio padre?

—¡Mi padre es una buena persona! ¡Se enfrentó a don Gaspar ayer!

—Espera, espera. —Mostró su desconcierto al sentirse abrumada por cada nueva revelación—. ¿Tu padre habló ayer con él?

—Sí.

—¿Y?

—Lo negó todo, pero amenazó con despedirlo.

Alejandra Soto detuvo las preguntas unos segundos. Estudió el crispado rostro de Victoria, las lágrimas ahora frenadas para dar paso al arrebato de furia.

Victoria vio la última duda en el rostro de la mujer.

—Es mi palabra contra la suya, sí —aceptó—. Y nadie me vio, ni yo vi a nadie cuando eché a correr hasta casa. ¿Extraño? Era de noche, esto es un pueblo, los domingos no son lo que se dice una fiesta y, además, era la hora del partido y todos los de aquí son del equipo que jugó ese día en el Plus. ¿Qué más quiere?

La responsable de la Fiscalía mantuvo su quietud apenas dos o tres segundos más, mientras la miraba fijamente, luego se puso de pie y fue a la puerta de la salita. Los padres de Victoria estaban al otro lado, sentados. Se levantaron al verla.

—Pasen, por favor —los invitó.

Victoria también se había puesto de pie. Se encontraron todos junto a la mesa, ya con la puerta cerrada de nuevo. Alejandra Soto habló directamente con ellos.

—Antes no les he explicado los pasos por seguir —dijo.

—Entonces, ¿seguirá adelante con eso? —quiso saber Luisa.

—Por supuesto. —Alejandra Soto miró a Victoria—. Ya le he dicho a su hija que es difícil, porque es un caso sin testigos, una palabra contra la otra. Pero estamos aquí para protegerla a ella, y se ha interpuesto una denuncia. Le toca al juez de primera instancia determinar los hechos, pedir ampliación de diligencias...

—¿Habrá un juicio? —Se alarmó Ramón Mateos.

—Sí, en un caso así es lo usual —se lo comunicó con rigor—. Existe lo que llamamos "alarma social", ¿comprenden? Además, siendo este pueblo tan pequeño y atendiendo a la relevancia del acusado... Pueden consultar a un abogado si lo desean.

—¿Un abogado? —Mostró su sorpresa Luisa—. No podemos pagar a un abogado, por Dios...

—Solo he dicho que pueden consultarlo, no que sea necesario, aunque, si en un momento dado creen que sí, que lo necesitan, les ayudaré, no se preocupen.

—Hemos sabido que don Gaspar lo ha negado todo.

—Era de esperar.

—Se aferra al hecho de que Victoria había bebido.

—Yo no había bebido —exclamó ella con otra dosis de amargura al arrastrar sus palabras.

—Aunque hubiera sido así, y eso tal vez pueda demostrarse, porque se interrogará a los que vendían bebidas en la discoteca y en los bares próximos, eso no exime los hechos. No importa tu estado, sino lo que él hizo, aunque pretenda enmascarar la verdad con ese presunto estado etílico. Lo que quiere es eliminar tu fiabilidad. Estando borracha, podías confundir su actitud.

—Hable con quien quiera. No tomé nada.

—Escuchen. —Alejandra Soto los abarcó a los tres con su mirada, pero, sobre todo, a los padres de Victoria—. No voy a ocultárselo: sí, es un caso peliagudo y, además, escabroso. Sí, van a pasarlo mal. Por lo que veo, la posición del denunciado es más que decisiva, así que... han de demostrar que su hija tiene razón. Pero la otra parte querrá demostrar justo lo contrario, que ese hombre es inocente y, en

tal caso, que su hija miente. Buscarán todo lo malo que haya hecho, escarbarán donde sea para desacreditarla, y ustedes tendrán que estar muy unidos, porque les aseguro una cosa: va a ser duro, muy duro. Tanto que habrá momentos en que…

No acabó la frase.

No era necesario.

23

Llegaba tarde al trabajo y poco importaba el permiso del jefe de sección. Había un antes y un después. En aquel momento, la noticia de la denuncia debía estar recorriendo ya el pueblo de un lado a otro, como una bomba, disparando la primera alarma.

También ahí pasaban cosas.

Estaban en el mapa.

Ramón Mateos no llegó siquiera a su puesto.

—Al despacho de don Gaspar —le ordenó Lucas Quesada sin mediar otra palabra.

—¿Para qué? —preguntó con inocencia.

—Vamos, hombre —resopló el jefe de personal de la fábrica.

Lo dejó solo, como si apestara, como si no quisiera permanecer a su lado más allá de lo necesario. Ramón Mateos miró a su alrededor. Las miradas de sus compañeros eran dispares. Fuera del trabajo se acercarían, le hablarían, muchos le darían su apoyo. Pero ahí dentro no. Ni siquiera Fernando se atrevía. Todo eran distancias.

El peso de la soledad.

Hizo el mismo camino que había hecho el lunes por la mañana, cuando fue al encuentro de su suerte. Parecía haber llovido mucho desde entonces, y solo habían pasado tres días. Una eternidad teñida de blanco. Dejó la fábrica, pasó el puente, llegó al edificio de las oficinas y pisó aquel suelo ennoblecido, distante de la realidad obrera. La última frontera.

Mónica casi ni se atrevió a mirarlo.

—Pase —le dijo al llegar a sus inmediaciones, para que no se detuviera ahí.

Las piernas se le doblaron al llegar frente a la puerta. Toda su vida había vivido a la sombra de los Fernández Solano. Toda la vida había respetado y temido su fuerza en el pueblo. Toda la vida había sabido que acabaría en la fábrica, a las órdenes de don Gaspar, como antes una generación anterior lo estuvo a las de don Teodoro, y antes…

El miedo ancestral de la insignificancia ante el poder.

Vaciló. Le pesó la mano una tonelada. Aun así la levantó y golpeó la puerta. Tenía todavía una vaga y remota esperanza: que don Gaspar cediera, intentara un arreglo, tal vez pidiera perdón.

Oyó la voz del empresario, en su mente, diciendo:

—Fue un mal momento, un desliz.

Al contrario, aun siendo la misma voz, lo que escuchó al otro lado de la puerta fue un tremendo:

—¡Pase!

Lo hizo. La suerte estaba echada. Abrió la puerta y entró al templo. Don Gaspar ya estaba de pie, frente a su mesa despacho, con los brazos cruzados sobre el pecho. Tenía la cara muy roja, pero lo peor eran los ojos, encendidos, disparando invisibles rayos en mitad de silenciosos truenos.

El alma de Ramón cayó por los suelos.

—No hace falta que se mueva de ahí. —Le cortó el paso el dueño de la fábrica—. No quiero tenerlo más de lo necesario en este lugar.

Se detuvo. Humillado o no, su dolor de padre se hizo añicos ante el pánico que sentía.

—Mire, Ramón, podía haberle encargado esto a Quesada —comenzó a decir don Gaspar—. Pero nunca he rehuido la lucha, así que aquí me tiene. —Su rabia pareció desbordarse, aunque la contuvo a duras penas—. Quiero que sepa que está despedido. Despedido, ¿entiende? Y si tiene huevos, como parece, ya puede ir al comité de empresa, al sindicato o a ver al rey. ¡Adelante! —La voz sonó más dura, más impactante—. Es usted un pobre diablo, un desagradecido. Tiene a una niña loca en su casa y… ¡Santo Dios! ¿Sabe lo que ha hecho? No, no lo creo. ¡Usted qué va a saber, pobre imbécil!

—No tiene derecho a insultarme, señor. —Fue lo primero que consiguió decir.

—¿Que no lo insulte? —Don Gaspar dio un paso adelante—. ¡Usted me ha insultado a mí y a mi familia! —Ya no tenía prevención alguna, se dejaba llevar—. ¿Dice que no lo insulte? ¡Han venido a mi casa, a mi propia casa, para interrogarme! ¡La Guardia Civil! ¡A mí! —Se golpeó el pecho con una mano mientras se ponía más y más rojo—. ¡Solo hubiera faltado que me detuvieran o me hicieran ir al cuartel! ¡Y dice que no lo insulte! ¡Ha sido humillante! ¡En su puta vida sabrá ni remotamente lo que he sentido yo!

Nunca lo había oído maldecir. Siempre hablaba con la exquisitez de su posición, en las fiestas del pueblo, en las juntas del Ayuntamiento, en las cenas. Nobleza obligada.

Era otro don Gaspar.

O el mismo, sin careta.

Ramón Mateos logró decir algo más, por encima de la exacerbada ira de su oponente. Algo muy breve:

—¿Por qué?

Don Gaspar fue incapaz de entenderlo.

—Voy a decirle algo. —Le apuntó con un dedo que más parecía el cañón de una pistola—. No van a sacarme un céntimo, ¿lo ha entendido? ¡Ni un céntimo! ¿Quién se ha creído que es esa niña?

—Nadie ha hablado de dinero, don Gaspar —repuso despacio el padre de Victoria—. ¿Y quiere que le diga yo algo a usted? —continuó sin esperar una respuesta aprovechando hasta el último segundo de su oportunidad—. Todavía estaba lleno de dudas, ¿sabe usted? A pesar de las lágrimas de mi hija, del tesón y la firmeza de mi mujer, de su inesperado aumento de sueldo y de lo que ayer le dije... todavía dudaba, pensaba que era imposible, que por alguna razón Victoria había hecho algo... monstruoso, algo que como padre no lograba comprender. Pero ahora...

—¿Ahora qué? —le espetó el dueño de la fábrica.

—Ahora sí le creo, don Gaspar —confesó Ramón Mateos—. Y me avergüenza haber tenido una duda, un resquicio, por pequeño que fuera. Un hombre que se escuda tras el insulto abusando de su poder y de su fuerza, y que es capaz de despedirme, de tratar a la gente como usted la trata cuando algo se le tuerce... La rabia lo ha traicionado, ¿sabe? Usted...

—¡Lárguese de aquí, desgraciado! —Intentó detenerlo.

—... es el poderoso, por eso grita, pero no dejaré que nos humille ni a mí ni a mi hija que...

Tuvo que callar. Don Gaspar se le echó encima, con violencia. Intentó protegerse pero no llegó a sentir la agresión, solo el empujón, hacia la puerta repentinamente abierta. Un empujón hacia el vacío.

—¡Haré que se vayan del pueblo, se lo juro! ¡Ustedes están muertos, Ramón! ¡Muertos!

La puerta se cerró con estrépito separando ambos mundos.

24

Acabó de contarle la historia sin atreverse a mirarlo, con los ojos hundidos en lo más profundo del suelo, temblando a veces, pero impulsada por una fuerza desconocida en ella días antes, a pesar de su desparpajo y su naturaleza abierta. Sabía que si trataba de enfrentarse a su mirada naufragaría, no tendría ánimos para concluir el relato, y más que nunca, y sobre todo a él, debía confiárselo por sí misma, lejos de las habladurías que se desatarían por el pueblo.

Sentía a Toni tan cerca...

—Y esto es todo hasta esta mañana, después de ver a la mujer de la Fiscalía de Menores. —Suspiró Victoria—. O sea que las cosas...

Quería escuchar una palabra, pero no llegó. Y sentir una caricia, pero no se la dio. Cerró los ojos y por un momento creyó que todo había terminado. Era absurdo, pero lo sintió así. De pronto, Toni se hallaba al otro lado del mundo y ella estaba sola.

—Lo siento —gimió.

Entonces sí.

La reacción.

—Cariño...

La envolvió el abrazo, cálido y confortante. La penetró el beso, en la cabeza, en la frente, hasta que él buscó sus labios y ella se los ofreció. Y no fue como el primero, ahí mismo, sino como todos los que había soñado con él.

Un beso real, intenso, con el que no hacían falta palabras.

—No sabía nada —susurró Toni al separarse apenas de su boca.

Victoria le puso una mano en la mejilla. La distancia los deformaba. Respiraban el mismo aire. Eran uno.

—Quería contártelo por mí misma...

—¿Por eso me pediste que confiara en ti?

—Sí. Fue el momento en que decidí contárselo a mis padres, y denunciarlo. Contigo me sentí libre, y valiente.

—Me tienes.

—¿De verdad?

La besó una, dos, tres veces, en ráfagas, por toda la superficie de sus labios, en las comisuras, en la barbilla, la nariz, los ojos. Siempre había sabido que el amor con mayúsculas era así. Ahora lo veía aún más grande.

—Tenías que habérmelo dicho el otro día —lamentó él.

—Primero debía contárselo a mi madre, entiéndelo.

—Es... asqueroso. —Se estremeció Toni.

—Pero me crees, ¿no? —insistió ella—. Quiero decir que no pasó nada, que aunque tardé en reaccionar, porque estaba paralizada, no me hizo nada ni...

—¡Claro que te creo! Lo que me alucina es que ese hijo de puta lo intentara, que creyera que tú...

—Toni. —Volvió a ponerle la mano en la mejilla—. Me ha dicho esa mujer que va a ser muy duro, muchísimo, porque la única forma que tienen de rebatir mi denuncia es hacerme quedar como una... cualquiera, una loca. Y lo usarán todo, absolutamente todo.

—¿Qué pueden usar? Tú no has hecho nada.

—Hace unos meses me emborraché, me vieron algunas personas. Creía que controlaba...

—Lo recuerdo, sí, ¿y qué? Todos nos hemos pasado alguna vez.

—Don Gaspar insiste en que yo estaba bebida, aunque la mujer de la Fiscalía dice que eso da igual, que, aunque lo estuviera, no le exime de la culpa.

—No pueden condenarte por un error.

—Y no olvides que el lunes me enfrenté al Gonzalo en clase.

—¡Estabas desquiciada por lo del día anterior!

—Es el pueblo contra mí. —Fue muy sincera Victoria—. Sabes que don Gaspar es Dios.

—¿Que si lo sé? —Se burló con acritud—. En mi casa lo veneran, dicen que es un santo, que ponerle una calle o hacerle un monumento en la plaza es poco. No paran de decir que los jóvenes se habrían ido todos si no fuera por la fábrica, y que él, si la pusiera en otra parte, incluso en un país de esos del tercer mundo, ganaría más. Pero que sigue aquí por nosotros. ¡Por nosotros! —bufó con sarcasmo—.

Cada vez que les digo que no puede llevarse una fábrica como esta a Singapur o donde sea, que no es como hacer televisores o tenis, me dicen que no sé de qué hablo. Y cuando les aseguro que yo no acabaré allí nunca... No hace ni una semana tuvimos una buena pelotera por eso. Les dije que también la mafia da dinero a la Iglesia y construye hospitales. Mi madre me dijo de todo y mi padre casi me mata.

—Ellos no lo ven.

—Nadie lo ve —reconoció Toni—. Y ahora esto...

—Lo apoyarán a él, ¿verdad?

—Te creerán.

—No. —Fue categóricamente triste—. La gente cree a quien le conviene. Sé que estoy sola. —Pensó en su familia y cambió sus palabras—. Estamos solos. Si ahora no te tuviera a ti... Tú me diste fuerza, en el momento oportuno.

—Pase lo que pase, nos iremos de aquí, te lo prometo.

—No quiero irme llena de vergüenza —manifestó Victoria—. Y, además, no se trata ya solo de mí. Mis padres se quedarán. Pertenecen a esto. Y está Herminia.

—No pueden dudar de ti —le insistió Toni—. En ese juicio, contarás lo que pasó y cuando te vean...

Le selló los labios.

No quería oírselo decir.

Intentó que el beso fuera eterno.

25

En su interior pugnaban dos personas, dos mitades. Una era la feliz, la Victoria radiante, porque lo que tanto había soñado en los últimos meses estaba ahí, en su vida, en su corazón, en su mente. La otra era la de la angustia, la Victoria abrumada por el peso de lo que se le venía encima, asustada y empequeñecida.

Por lo menos ya no se sentía sucia ni le daba asco mirarse al espejo y recordar lo que sintió en aquellos segundos cargados de terror, mientras las manos de don Gaspar la tocaban y... ahora todo eso formaba parte de su lucha.

Había vencido el sentimiento de culpa y el rechazo.

De un salto acababa de convertirse en una mujer.

—Toni...

Le gustaba susurrar su nombre. Surgía de sus labios como una caricia, plena, poderosa. La te que rompía el aire en su boca, la o que estallaba igual que una pompa de jabón, la ene apenas trenzada, igual que si se deslizara como una tabla de surf por su aliento, y finalmente la i prolongada hasta desaparecer en la suave pendiente de su ternura. El resultado flotaba en su ánimo, en su mente y casi se hacía real frente a ella, envuelto en todo su amor.

El amor.

¿Podía salvar a las personas?

Tenía que ser así. Quería creer en ello más que nunca.

Lo único que ahora la asustaba era el vértigo...

Abrió la puerta de su casa y nada más colarse dentro captó aquella profunda densidad ambiental, igual que si acabase de penetrar en una nube de dolor. Se olvidó de Toni, de su felicidad, y reapareció la mitad más triste, la de la angustia. No se oía nada, y eso era sin duda lo peor, el silencio. La alcanzó de lleno y la sacudió. Una mano fuerte agitándola y estrujándola hasta quitarle el alma.

Su madre estaba en la sala, sentada en una de las butacas.

Llorando.

—¡Mamá! —Se abalanzó sobre ella.

Luisa la recibió en sus brazos. Victoria quedó arrodillada, fundida con su cuerpo. Tembló hasta que escuchó aquellas palabras:

—Han despedido a tu padre.

Por un lado, no pudo creerlo. Era mezquino. Por el otro, casi se le antojó lógico. En las guerras, no había concesiones.

—¿En serio? —Se sintió desfallecer.

—Don Gaspar lo ha llamado, lo ha... insultado, a gritos.

—¿Y papá?

—En cama, tumbado.

—No, pregunto qué ha hecho papá.

—¿Qué querías que hiciera, en el despacho de don Gaspar? —En su mirada hubo una parte de pena y otra de orgullo—. Primero aguantar el chaparrón, pero luego estalló, no pudo más. Cuando se metió contigo y con nosotros, y dijo que solo queremos dinero, tu padre lo puso en su sitio. Le dijo que cree en ti y que…

—¿Papá le dijo esto a don Gaspar?

—Pues claro, hija.

Venció el nudo de la garganta. Por más que intentaba imaginarse a su padre enfrentado al cacique del pueblo no lo lograba. Era demasiado para su cabeza. Y sin embargo…

Se habían quedado sin nada.

—Mamá, ¿qué haremos ahora?

—Salir adelante.

—¿Cómo?

No obtuvo respuesta, solo aquella mirada cargada de dolor, pero al mismo tiempo firme y decidida. La mirada del aliento.

La que más necesitaba.

—Ve con él. —Le pidió Luisa.

Se levantó del suelo y caminó sin hacer ruido hasta la habitación de sus padres, como si un simple roce pudiera molestar o enturbiar aquel silencio opresivo. Vio a Herminia en la puerta de la suya, muy asustada, así que lo primero fue acercarse a ella y abrazarla. No dijeron nada, ni la una ni la otra. Victoria le dirigió una sonrisa final y reemprendió su marcha. Cuando se detuvo en la puerta no supo qué hacer, si llamar o entrar. Optó por lo primero, pero casi de inmediato, después de dar los golpecitos, abrió la hoja de madera y atisbó en el interior. Su padre estaba en la cama, vestido, bocarriba.

—Papá...

Cerró la puerta y percibió el ahogado dolor del llanto procedente de aquella cama. Encontró las fuerzas necesarias para llegar hasta ella y sentarse a su lado. Nunca había visto llorar a su padre, la visión fue demoledora, la consternó. Las miradas de ambos se fundieron en el siguiente abrazo, mientras Ramón Mateos se vaciaba, roto, convertido en una sombra humana a punto de desvanecerse.

—Papá, lo siento... —gimió Victoria.

—No... ¡No! —se crispó él—. ¡Tú no tienes la culpa, cariño! ¿Cómo vas a tenerla? Es él, ¡él! Por fin se ha quitado esa máscara.

—Pero no tenía que haber subido a su auto.

—¿Y por qué no? Al de un desconocido no, te mato si lo haces, pero al de un conocido... Tienes quince años, fuiste a una discoteca, por Dios, no te castigues.

Nunca habían mostrado tanta comprensión, siempre rozaban las prohibiciones, los castigos, y la advertían de todos los peligros que la amenazaban. Ahora, sin embargo, era distinto. Todo había cambiado. El mundo, su mundo, acababa de ser zaherido violentamente.

—¿Qué vamos a hacer? —susurró Victoria.

—No lo sé —admitió el hombre.

—No tenemos dinero.

—Algo sí, ahorrado, para emergencias, ya sabes. Y esto lo es. Pero nunca nos hemos muerto de hambre ni lo haremos ahora.

—Puedo dejar de estudiar.

—¡No!

—Es que no sé... —Empezó a llorar ella, sin fuerzas.

—Victoria, no podemos renunciar a la verdad ni al orgullo. —Su padre se sentó en la cama y la sujetó por los hombros—. Antes el orgullo me daba igual, no creía que fuera necesario, lo consideraba una fantasía de los pobres. Pero ahora sé que es lo único que a veces tenemos. Sin dignidad no queda nada. No podemos doblegarnos siempre ante la fuerza del viento. Te hizo algo monstruoso, y la justicia está para eso.

Era el mismo hombre, y también otro hombre.

Su padre.

Nunca lo había admirado tanto. Querido sí, pero admirado...

—No te he mentido, papá —le aseguró una vez más—. Lo hizo, tal y como te dije, y yo no había bebido nada. Te lo juro.

—¡Chist! —Le impidió seguir hablando—. No has de volver a decírmelo.

—Te quiero.

—Eso sí, ¿ves?

—Yo...

—No, soy yo el que debería decírtelo, y más a menudo. No he sido el mejor padre del mundo, siempre he tenido miedo, me sentía un infeliz, alguien vulgar y corriente, que no contaba para nada. Pero ahora...

Lo abrazó muy fuerte.

Y se dejó acariciar por él.

El auténtico hombre de su vida, aunque ahora Toni llegase para ocupar otro hueco en ella.

VIERNES

26

Los viernes siempre habían sido excitantes.

Último día a la semana los planes para la primera escapada, las alternativas para el sábado y el domingo… Todavía no la dejaban salir hasta muy tarde, pero ya tenía ganadas sus propias cotas de libertad. Ganadas y respetadas, pese al desliz de aquella inesperada borrachera del pasado. ¡Qué estúpida había sido! La mayoría de sus amigos y amigas bebían en exceso, solo por embriagarse, por sentir la pérdida de la lucidez y pasarse sin problemas. Era como si necesitaran de esa ausencia de control para sentir empatía. Y muchos ya tomaban éxtasis. A ella, en cambio, ese mundo la aterraba. No estaba dispuesta a dar el paso ni probar. Aquella borrachera representaba su única cruz.

Y tal vez acabase sirviéndole a don Gaspar para humillarla, hacerla quedar como una niña idiota, borracha, como tantas que lo primero que necesitaban era "colocarse".

Ahora se encontraba con el primer viernes de su nueva vida, y no sabía qué hacer.

Toni trabajaba los fines de semana, y ella ya no quería salir, ni sola ni con Rosana, sabiéndose el centro de atención de medio mundo. Pero quedarse en casa suponía un palo mayor.

Reconocer o aceptar que sentía miedo, que todo aquel lío la desbordaba.

Tampoco tenía ganas de de ir al colegio, aunque eso…

Flotó por encima del ambiente casero como un alma en pena. Bañarse, vestirse, desayunar… Su padre dormía. La primera vez en toda su vida que no iba a trabajar un día laborable. Él, que no fallaba jamás, lloviera o hiciera sol, en invierno o verano, incluso enfermo y con fiebre. Después de una noche zozobrante, se había rendido por fin al agotamiento. Su madre todavía no había salido para acudir a su trabajo por horas en el mercado. Un trabajo que se convertía, de pronto, en el único sustento familiar a falta de las indemnizaciones que le dieran a él o de que planteara la lucha contra el despido en Magistratura, reivindicando su razón. Herminia ya había salido.

Victoria tomó aire, se despidió de su madre, recibió su aliento.

—Pasa de todo, ¿eh?
—De acuerdo.

Pasar de todo.

Casi era un chiste. Siempre le repetían que "pasaba de todo". Era su peor insulto, la crítica más mordaz, la forma en que le recordaban que era una niña en peligro. Y ahora en cambio su madre se lo pedía, que pasara de todo.

La coraza para protegerse.

¿De qué?

Salió a la calle. Quería pasar por la fonda para ver a Toni. Bueno, en realidad quería ver a Toni, nada más, aunque solo fuera unos segundos. Sentir de nuevo que aquello no era un sueño, sino la realidad, verse en sus ojos y sentir un beso.

La primera persona con la que se cruzó, la señora Enriqueta, fingió no verla. Se apartó de la acera y se fue a la opuesta atravesando la calzada en diagonal.

Victoria continuó caminando.

La panadería del señor Aniceto se encontraba en la esquina. La conocían desde que era muy niña. Siempre bromeaban con ella, su hambre, lo mucho que le gustaba el pan y, sobre todo, las partes duras, los extremos de las barras, las cortezas bien tostadas.

—Buenos días —saludó Victoria a su paso volviendo la cabeza hacia el interior.

Fue como si acabase de arrojar una granada.

La explosión silenciosa.

Ninguna respuesta. Ni por parte de las parroquianas ni por parte del señor Aniceto o de su mujer, que despachaban tras el mostrador. Sin dejar de caminar, en aquel rápido segundo, Victoria vio el cambio en sus rostros, la seriedad, el impacto inesperado de su presencia.

Estuvo a punto de detenerse y entrar.

"Pasa de todo".

Pasaba, pero era ella, ¡ella!, la Victoria, la niña de los Mateos, ¡la Vicky!, como la llamaban todavía algunos.

Llegó a la avenida. Otras dos mujeres dejaron de hablar al verla y, a su paso, convirtieron en ruidosas murmuraciones su nuevo diálogo. Victoria pudo escuchar la reprobación, notar en su espalda los dardos de sus miradas llameantes.

El pueblo tomaba partido.

La caza estaba desatada.

Intentó controlarse, mantenerse tal cual, pero empezó a costarle. Sus piernas apenas le respondían, sus rodillas se le hacían quebradizas. Podía sentirlas pero no dominar su equilibrio. Lo peor era la cabeza, aquel vacío que se extendía con rapidez por todo su ser.

Ya estaba llegando al centro del pueblo.

Y como las aguas del mar Rojo ante Moisés, el mundo se abría a su paso y dejaba un reguero de miradas, susurros, emociones mal disimuladas.

¿Dónde estaba Rosana? ¿Por qué la dejaba hacer el trayecto tan sola? ¿Y Toni?

—Oh, Toni...

Le faltaba una eternidad para llegar a la fonda, y otra para alcanzar el colegio.

Llegó a las inmediaciones de la plaza. Estaban construyendo un edificio, un banco, signo de la prosperidad del pueblo. Una valla rodeaba las obras.

Una valla alta y recién levantada, todavía blanca.

De ahí que la pintada destacara mucho más, en gruesas letras negras, alarmante y cruel.

"VICTORIA: PUTA".

27

—Ha corrido como un reguero de pólvora, ¿no se dice así?

Victoria, sentada en el suelo, en mitad de aquella calle apartada, con los brazos alrededor de las piernas y la cabeza apoyada en las rodillas, miraba al infinito sin ver nada.

—Este pueblo es un asco —continuó Rosana—. Todos los pueblos que tienen a un don Gaspar y a una fábrica que les da de comer lo son. Viven serviles, lamiendo la mano de quien les da de comer, sin criterios, sin narices para decir no cuando es no.

—¿Y vas a culparlos? —musitó Victoria.

Su amiga había dejado de moverse como un perro enjaulado, furiosa. Llevaba un rato apoyada en la pared, junto a su compañera, intentando encontrar las palabras adecuadas para darle un ánimo que ni ella sentía. Las dos parecían agazapadas, como si esperasen que las calles dejasen de estar habitadas para poder volver a moverse libremente.

—Mi padre también respetaba a don Gaspar, no lo olvides —dijo Victoria—. No lo culpo, solo hago constar el hecho. Decía lo que todos, que este pueblo, sin la fábrica, a saber dónde estaría, y que gracias a él esto y aquello y lo de más allá.

—Tu madre bien que se lo advertía.

—Porque lo que le hizo a mi abuela tuvo agallas. Ya sabes que la despidió cuando supo que mamá era de izquierdas y votaba a los "comunistas", como los llamaba él. Y nadie hizo nada. Luego las cosas se calmaron. Pero me consta que a mi padre don Gaspar le dijo más de una vez que eso de tener una mujer rojilla...

—¿Sabes lo que ocurre? —espetó Rosana—. Que ya hemos tragado demasiada mierda. Es tarde hasta para vomitar. Jugamos en terreno contrario y tú te enfrentas al líder, con el árbitro y el público en su favor.

—O sea que estoy perdida.

—Yo no he dicho eso.

—Pues ya me dirás —Victoria fue explícita—. Sigue siendo su palabra contra la mía, y ahora todo el pueblo está en mi contra y lo apoyan a él.

—Todo el pueblo no.

—La mayoría.

—Hay más gente de la que tú crees, estoy segura —afirmó Rosana—. No todo el mundo está ciego y dispuesto a tragar lo que sea ni todo el mundo puede creer que ese hombre es un santo inmaculado. Es imposible.

—En las últimas elecciones, su hijo ganó por un setenta y dos por ciento de los votos.

—Pues nos queda un veintiocho por ciento, y eso es mucho.

—¿Y dónde están?

—No lo sé. —Suspiró Rosana aceptando el hecho—. Supongo que una cosa es votar en secreto, sin que nadie te vea, y otra muy distinta hacer público lo que piensas.

—¿Cuántos pueblos habrá en España todavía así?

—Más de los que crees. Y tampoco hace falta un don Gaspar de turno. Esas multinacionales orientales que vienen, ponen una fábrica en un lugar olvidado de la mano de Dios, y cuando las cosas van mal cierran y dejan a todo el mundo a dos velas… Le pasó a mi tío, ¿recuerdas? Tuvo que irse, sin nada salvo la miseria que les dieron para compensarlos. Una mierda.

Mantuvieron un leve silencio.

—Hay que ir a casa —anunció Victoria.

—Te acompaño.

—No, esto es cosa mía.

—¡Y el colmo! —quiso dejarlo claro Rosana—. Tenía que haber ido a buscarte, darme cuenta de que podía suceder algo así. No sé cómo he sido tan idiota.

—Esos grafitis…

—Te juro que esta tarde vamos unos cuantos del colegio a taparlas.

—Y mañana habrá más.

—Pues volveremos a taparlas o vigilaremos para descubrir quién las escribe. A ver quién puede más.

—Esto va a ser una guerra.

—También podemos llenar nosotros las paredes del pueblo diciendo que don Gaspar es un violador de menores, ¿vale?

—Esa mujer, Alejandra Soto, me dijo que esto sería rápido, por lo de la alarma social, pero tanto da que lo sea, porque pase lo que pase, después seguiremos aquí, todos, y esto va a dejar una tremenda huella.

—No, no seguiremos aquí. —Fue categórica Rosana—. Tú y yo nos largaremos en cuanto podamos. Y con Toni, por supuesto. Esta ya no es mi casa. No puede serlo si un don Gaspar es el amo y dicta las normas. No me da la gana.

Le tendió la mano para ayudarla a levantarse. Victoria se lo agradeció, porque no podía con su alma. Una vez de pie las dos recogieron las mochilas escolares y se apartaron del lugar en el que prácticamente se habían ocultado a la salida del colegio. Una mañana aciaga, llena de silencios, miradas, tensión.

La primera de su nuevo futuro.

Cuanta más rabia sentía, más sentimientos de frustración golpeaban su resistencia.

Regresaron al mundo.

Volvieron a ver gente, a sentirse objeto de la atención popular, a notar en sus rostros el acero de tantos ojos afilados y en sus cuerpos la desidia de tanta crueldad recién nacida. Nunca había sido un pueblo diferente, especial o maravilloso. No tenía héroes, ni conquistadores a los que erigir un monumento, ni campeones olímpicos o futbolistas que hubieran paseado con orgullo el nombre del lugar más allá de sus fronteras. No tenían nada. La fábrica.

Solo la fábrica.

Ahora se convertía en un infierno, el más vulgar de los lugares.

El centro de la intolerancia.

Una mujer cerró la puerta de su casa de golpe, haciéndose notar, cuando ellas llegaban a su altura. La curiosidad de unas rivalizó con el desprecio de otros. Por detrás de una ventana se escuchó un rumor:

—Puta, vete de aquí, cochina...

Rosana se detuvo apretando los puños. Victoria la arrastró.

—Es lo que quieren, que montemos el número.

—¿Pero quiénes se creen que son? ¡Ya han tomado partido! ¡Ya han juzgado! ¿Y la justicia, qué?

Otra docena de pasos, más rumores. Desde la otra acera una mujer, más valiente, les hizo llegar su veredicto:

—Qué pretendes, ¿eh?

Y otra, animada por ella:

—¡Don Gaspar es una buena persona!

Hasta que, de pronto, el clamor:

—¡Loca!

—¡Borracha!

—¡Drogadicta!

Rosana se detuvo, y esta vez Victoria no pudo evitarlo. Su amiga barrió a las vociferantes con la mirada.

—¡No puedes pelearte con todo el mundo! —le cuchicheó Victoria.

—Mierda... ¡mierda! —Se desesperó en voz baja.

Siguieron andando.

El largo camino de regreso a casa.

28

—¡Vivo aquí! ¡Me conocen! ¡Es la misma gente de toda la vida!

—No, Victoria. —Su madre tenía el rostro serio—. Conocen lo que quieren conocer, lo que les interesa. Si hubieras leído más, sabrías qué es la manipulación de las masas. Ellos no son más que personas, y ahora se han convertido en instrumentos, así que reaccionan como tales: prefieren a don Gaspar. ¿Crees que les importa la verdad? Su verdad ya está hecha. Es inamovible. Deberás aprender a vivir con esto, pase lo que pase en el juicio.

—¡Voy a ganar, mamá! ¡Él lo hizo!

—¿Crees que esto bastará? —Su madre la sujetó por un brazo, para obligarla a detenerse en su ir y venir atolondrado—. ¿Piensas que por el hecho de que lo condenen todo quedará arreglado, la gente abominará de él y tú serás reivindicada? Pues hazte a la idea de que no. Puede que si ganas incluso te odien más, por haberles matado a su Dios, la ilusión, la esperanza de que nada vaya a cambiar, porque ese es otro miedo: el cambio. No faltará quien diga que la culpa fue tuya, que lo incitaste,

¡pobre hombre! —fingió una pena inexistente— que no pudo resistirse. Y tampoco faltará quien piense que tú lo provocaste a él, y como él se resistió, porque es un ejemplar padre de familia, lo denunciaste por despecho. Es así, Victoria —repuso Luisa—. Ni más ni menos, es así como los que se empeñen en defenderlo verán las cosas. Y contra esto no podremos luchar.

—¿Y hemos de vivir así el resto de nuestras vidas?

La respuesta de su madre no llegó.

—¿Entonces qué, mamá?

—Nada.

—¿Nada?

—Hiciste lo adecuado, plantarle cara. E hicimos lo adecuado, denunciarlo. No había otro camino. Lo importante es tu dignidad, cómo te sientas contigo misma. La única persona que estará a tu lado al final de tus días serás tú misma. Entonces has de poder mirar atrás y sentirte orgullosa de haber vivido.

—Esto es muy bonito, mamá, pero lo que nos está pasando sucede aquí y ahora. Es más, los ideales de tu juventud ya han muerto.

—No han muerto. —Fue terminante la mujer—. Quizá estén dormidos, aplazados, superados por los vientos del nuevo siglo, pero en modo alguno están muertos. Eso que tú llamas mis ideales fueron el acicate de toda una generación, la que cambió el mundo en los años sesenta y lo consolidó en los años setenta.

—Luisa la roja —bufó Victoria.

—Mejor ser de un color que neutro.

—Mamá… —Se sintió desfallecida—. ¿Qué vamos a hacer?

—Esperar.

—¡No puedo salir a la calle y ver esos grafitis, por Dios! ¡Yo no he hecho nada! —Limpió las lágrimas una vez más—. ¿Y si encima le dan la razón a él? ¡Puede comprar al juez!

—No, no puede.

—Pero ¿y si le dan la razón por falta de pruebas? —insistió.

Esa sí era la pregunta.

Su madre se aferró a lo único posible.

—Te creerán —dijo.

—Me iré de aquí, mamá. —Movió la cabeza llena de cansancio—. Ni siquiera voy a esperar a los dieciocho años. Me iré tan rápido...

—Si es necesario nos iremos juntos, pero nada de tonterías, ¿estamos? —La miró en detalle y repitió—: ¿Estamos?

—Vale. —Se resignó Victoria arrastrando la primera vocal.

—Y cálmate, por favor.

—¿Que me calme? ¡Me han llamado...!

Sonó el teléfono y les cortó la discusión. Victoria no se movió. Su madre estaba al lado del aparato.

No lo descolgó.

—Mamá...

—Ha estado sonando toda la mañana.

—¿Quién es?

—No lo sé. Y después de la tercera vez he pasado.

—Dios... —Su gemido acompañó su derrumbe.

—Victoria, no. —Su madre trató de detener la caída.

La joven miró el teléfono que sonaba con persistente insistencia.

—Es él —gimió Victoria—. Es don Gaspar o alguien que llama en su nombre.

—Puede ser cualquiera. Tienen miedo. Es su forma de herirnos. Si meten a don Gaspar a la cárcel...

—Nunca lo harán.

—La ley dice que sí. Para eso está la justicia. Lo que hizo está penado, y tendrá que pagarte mucho.

—No quiero dinero.

—Tíralo si quieres, pero después. Para un hombre como don Gaspar perder sería una humillación, pero, además, pagar… Te hizo mucho daño, cariño. —Le besó la frente—. Más del que te imaginas. Por suerte, lo has exorcizado o estás en camino con tu valor, pero va a ser una cicatriz que te acompañará siempre. Estoy orgullosa de tu comportamiento. Sin embargo, recuerda que esto no lo hacemos solo por ti. Allí afuera hay muchos don Gaspar, en sitios de poder, que abusan de mujeres indefensas, mayores o jóvenes igual que lo eres tú. Estás dando ejemplo, y aunque eso cuesta mucho, créeme, no estás sola. Sé que no estás sola.

El teléfono dejó de sonar.

Y casi al mismo tiempo se abrió la puerta de la casa.

—Tu hermana. —Suspiró su madre.

Fue la primera en separarse de Victoria. Acudió al pasillo.

Herminia casi la arrolló en su carrera.

—¡Hija!

Su grito resonó por toda la casa un pequeño espacio de tiempo antes de que la puerta de su habitación se cerrara con estruendo:

—¡Déjenme en paz!

29

Alejandra Soto apuró la taza de café con deleite. Acababa de reconocerse como una adicta, y por su expresión, se diría que así era. Abrió los ojos al concluir la degustación y pareció arrepentirse de haber dado cuenta de forma tan rápida de su néctar.

—¿Quiere otra? —le ofreció Luisa.

—No, gracias. —Fue comedida—. A esta hora ya sería jugarme la noche en vela.

—Le agradezco que esté aquí, tan tarde.

—Sé lo que está pasando —dijo la mujer de la Fiscalía de Menores—. Lo imaginaba, aunque... no tanto, ni tan rápido, ni tan fuerte.

—Así es mi pueblo. —Sonrió sin ganas la madre de Victoria.

Alejandra Soto miró a la joven.

—¿Estás bien? Aún no te lo he preguntado.

—No. —Fue sincera ella—. Esta mañana...

—Lo sé, y lo malo es que también lo saben ya algunos medios de comunicación, esto puede que no tarde en convertirse en un circo.

—¿En serio? —Se asustó Victoria.

—Quién sabe, puede que nos venga bien, por lo menos para que las personas que ahora apoyan a ese hombre sin saber nada frenen sus ataques, cambien de opinión o, por lo menos, la mesuren un poco. La opinión pública está muy sensibilizada con los agresores sexuales y la tendencia es a creer a la víctima. Un poco de presión externa no nos iría mal, para nivelar la balanza.

—Eso es tan injusto como creer al culpable por simpatía hacia él.

—¿Quién dijo que este fuera un mundo perfecto? —manifestó Alejandra Soto—. Todo depende del lado en que se esté. Pero déjame que te recuerde algo muy importante, Victoria: hiciste lo que debías. Por duro que sea, por amargo que te resulte y, aunque haya momentos en que te sientas hundida anímicamente, piensa siempre que hiciste lo correcto. Tú no sabes lo que nos encontramos nosotros, en la Fiscalía, y de lo que nos hablan los psicólogos y los psiquiatras. Es algo que la gente no se imagina.

—¿Tan grave es? —preguntó Luisa.

—Hay muchas mujeres que han sufrido abusos en su infancia y lo han callado haciendo germinar en ellas un cáncer que, poco a poco, las ha ido devorando. ¿Resultado? Matrimonios fallidos, relaciones sexuales nada satisfactorias, fobias, miedos, angustias. De entrada, si no se vence el abuso, pueden aparecer dos secuelas de por vida: una deficiente imagen personal, con sentimiento

de culpa e inseguridad en sí misma, y una incapacidad para sentir confianza en los demás. Aquí estamos hablando de una joven de quince años, casi una mujer. Es capaz de entender las cosas y tratar de racionalizarlas. —Alejandra Soto miró a Victoria antes de volver a centrar su atención en su madre—. ¿Pero sabe qué sucede cuando la víctima es un niño o una niña que aún no tiene esa capacidad? Es como destruir su esencia humana, se lo juro. El daño psicológico es difícilmente reparable. Primero el menor no siente nada, siempre y cuando no haya dolor físico. Ni siquiera rechaza al adulto. Luego aparece la inseguridad, las asociaciones de ideas: sexo, amor, animadversión, premio... Finalmente se da el salto, el desagrado se hace patente y entienden que lo que les pasa es secreto y diferente. Se sienten aislados. El siguiente paso ya es el daño psicológico, la manifestación de temores, ansiedades, nerviosismo, miedo a quedarse solos. Pero no se enfrentan al abusador porque siguen siendo niños o niñas. La forma de huida entonces, al entrar en la adolescencia, es el intento de suicidio, real o para llamar la atención, los comportamientos autolíticos, que consisten en hacerse daño... Muchas veces, cuando la familia conoce los hechos, ya es muy tarde. Y en estos casos, además, si se interroga al menor de una forma poco apropiada, se les culpa de no haberlo dicho antes.

—Es un tema tan escabroso —reconoció Luisa.

—No puede ni imaginarlo —aceptó Alejandra Soto—. Encima, la mayoría de los abusadores pertenecen al entorno familiar, y esto lo hace más duro. ¿Cuántas niñas denuncian a sus padres? Amigos, vecinos, parientes... Solo entre el dos y el ocho por ciento salen a la luz.

—¿Tan pocos?

—De ahí el mérito de lo que han hecho ustedes. Actualmente se estima que el cuatro por ciento de los menores sufren abusos sexuales de algún tipo, el ochenta por ciento en niñas y, sobre todo, en menores de trece años. Cuando se demuestra la credibilidad del testimonio, que es esencial, hemos observado que los niños tienden a exteriorizar el abuso mediante conductas disociadas o dificultades de adaptación, mientras que las niñas proyectan menos la situación que están viviendo, y eso que ellas sufren con más frecuencia el abuso asociado con la violencia física.

—Dios mío, perdóname, pero es que hablar de esto... —Luisa se llevó una mano a la cabeza.

—Se lo he contado para dar más valor a su acción.

—Lo sé, pero...

—Para hacer lo que hizo, ese hombre ha de saberse muy poderoso o estar muy seguro de sí mismo —dijo Alejandra Soto dirigiendo de nuevo su mirada a Victoria—. O eso o es que perdió la cabeza.

—Pensó que yo era una chica fácil —proclamó ella bajando los ojos.

—No digas eso, ni en broma —la previno la mujer de la Fiscalía—. Si crees que fue culpa tuya, por llevar minifalda o ropa ajustada o lo que sea, comenzarás a comerte el coco. Tú eres libre de ir como quieras. El problema está en el abusador, no en la abusada. Tú no lo provocaste, ni jugaste con él, ni te hiciste la interesante.

—No, claro. —Puso cara de pasmo.

—Entonces se trata de él y de nadie más. Lo extraño es que, de pronto, una noche, perdiera la cabeza contigo.

—¿Qué quiere decir?

—¿Nunca te dijo nada, ni te sonrió, ni te acarició en plan paternal, incluso siendo más niña?

—No.

—Un instinto así no aflora sin más, a los sesenta años.

—¿Cree que... no fui la primera? —Mostró su sorpresa Victoria.

—Eso da lo mismo ahora. —El suspiro de Alejandra Soto fue terminal—. De lo que se trata es de probar tu caso, y eso sí es difícil sin pruebas.

—Tenía que haberlo dejado seguir para conseguirlas.

—Habría dicho que fue consentido, aunque siendo tú menor se las carga igual; pero no, no es este el caso y lo sabes. No te tortures más, Victoria.

—¿Han interrogado ya a los de la discoteca, para demostrar que no bebí nada?

—Están en eso. Ojalá se acuerden de ti. En cuanto a ese amigo, Ángel, siendo conocido tuyo su testimonio puede que no sea muy útil, sin olvidar que desapareció después de decirte que no podía llevarte. Y lo mismo le pasa a Rosana, que se marchó antes.

—Es que para mí es muy importante el tema de la bebida —insistió Victoria—. No tomé nada. Estoy segura de que si se demuestra eso...

Se encontró con la inmovilidad y la asepsia de Alejandra Soto.

—¿Sabe que han despedido a mi marido? —le dio la noticia Luisa.

—¡No! —La alcanzó de lleno.

—Es un puro resentimiento. La prueba de que aquí, quien manda, es él. Como ponga al pueblo en pie de guerra en contra nuestra, nos linchan, se lo aseguro.

—Haremos lo posible para que el juicio sea cuanto antes —le prometió su visitante.

Victoria miró el reloj y se levantó.

—Debo irme —anunció.

Su madre la miró preocupada.

—¿Adónde vas?

—A dar una vuelta con Toni ahora que oscurece.

—Ten cuidado.

Se despidió de Alejandra Soto y las dejó hablando en la sala. Ya había oído suficiente. Necesitaba desconectar un poco. Necesitaba a Toni. Fue a su habitación, cogió una chaqueta, pasó por el cuarto de baño para darse una ojeada final y salió de su casa con precaución. Nunca hubiera imaginado que antes de dar un paso tuviera que mirar a derecha e izquierda en su propia calle.

Toni estaba ya esperándola.

Corrió hacia él, se abrazaron y permanecieron así unos segundos temblando.

Después buscaron sus labios.

Desde que conocían aquel contacto, lo único que querían era estar así, sin moverse, minuto tras minuto.

Sí, el pueblo estaba en pie de guerra, pero en el ojo del huracán el silencio y la paz eran hermosos.

SÁBADO

30

La abuela Joaquina vivía a las afueras del pueblo, en una casa pequeña, pero agradable situada al pie de la carretera, justo al otro lado de la que iba a la discoteca donde estuvo el domingo pasado y a la capital de la provincia. A veces, era como estar en otro mundo, aislado, alejado de lo que sucediera en el mismo pueblo. Desde el jardincito, todavía cuidado con mimo, se veía la curva del río, la parte más hermosa del valle, la arboleda densa que se encaramaba hacia la loma con su enorme profusión de tonalidades primaverales. El mismo jardín era un pequeño Edén. Su abuela estaba orgullosa de sus flores.

Para Victoria, el aroma de aquella casa era el aroma de su infancia.

La mujer le preparó el chocolate, como cada sábado por la mañana, envuelta en el silencio, sin decir nada de la situación. La abuela Joaquina siempre había sido discreta, poco dada a las alharacas. Nunca hablaba de más, pero tampoco de menos cuando lo hacía. Su discreción era comparable a su determinación y coraje. Miraba siempre de frente, pero sabía bajar los ojos cuando convenía, porque no en vano era una mujer "de otro tiempo", como solía decir ella misma.

Un tiempo en el que las mujeres formaban en el vagón de cola de la vida.

Tuvo que ser Victoria la que rompiera aquella larga pausa, mientras la cocina se llenaba de aromas mágicos.

El mejor chocolate del mundo, y con el mejor pan para mojarlo.

—¿Cómo estás, abuela?

—¿Yo? —Se sorprendió por la pregunta—. Eso tú, cariño.

—Yo estoy bien —le mintió con ánimo.

—No es lo que me ha dicho tu madre.

—Porque ella se preocupa más.

—¿Y tú no?

No podía engañarla, pero aun así lo siguió intentando.

—Yo solo estoy preocupada por la verdad. En cuanto se celebre el juicio, todo habrá terminado. No hice nada. Ese cerdo, sí.

—Ese cerdo es don Gaspar.

—No es inmune, abuela —quiso insistir—. Ya está bien de tenerle miedo.

—En eso te doy la razón, en lo del miedo. Pero en lo otro… Es igual que su padre, ¿sabes? Y menudo era su padre. Tuvo al pueblo en un puño. Por lo menos don Gaspar ha hecho que el alcalde sea un hijo suyo, pero es que su padre también fue el alcalde. Vamos, que no daba misa porque a cura no llegaba, que si no…

—¿Y nunca nadie ha hecho nada?

—En primer lugar, ¿qué íbamos a hacer? Dictadura en el país y dictadura en el pueblo. Pero en segundo lugar... nadie protestaba, todos celebraban su suerte, la fábrica que nos ha dado de comer toda la vida, el trabajo... Por un lado, mano de hierro, por el otro, guante de seda. El día que murió tu abuelo, don Gaspar me mandó un sobre con diez mil pesetas, sesenta euros de ahora. Y todo porque una vez, jugando al dominó en parejas, tu abuelo y él habían ganado un torneo. ¡Diez mil pesetas!

El chocolate ya estaba hecho. Colocó la ollita en una bandeja, junto a la taza, el pan y los cubiertos, y sosteniéndola firme con las dos manos la condujo hasta el jardincito seguida por su nieta. La mesa quedaba medio protegida por las ramas de los dos árboles que le daban sombra en verano. La temperatura era agradable.

Se sentaron y le sirvió el chocolate mientras Victoria cortaba las rebanadas de pan a tiras.

Sabía que le preguntaría...

—¿Qué tal está?

Como cada sábado.

—Perfecto —habló con la boca llena de su primer bocado—. Antes de morirte déjame un bidón entero, ¿quieres?

—Mira tú —rezongó la mujer—. Aún he de hacerles este mismo chocolate a tus hijos, y a los de Herminia. Así que va para largo.

No era por hablar. Tenía resistencia y moral, a partes iguales.

—No sabía eso de las diez mil pesetas —le confesó.

—Si tu abuelo y él no hubieran ganado ese torneo de dominó, ni diez mil pesetas ni nada. Y si la derrota hubiera sido por culpa de tu abuelo... —No quiso agregar nada más.

—Muchos jóvenes del pueblo lo aborrecen.

—¿Por qué?

—Por la fábrica. Se dan cuenta de que su destino, si se quedan aquí, es el mismo que el de sus padres: la fábrica. Así que, en lugar de sentirse felices por ese futuro más o menos asegurado, lo ven como una trampa. Sus padres les dicen: "¿Para qué quieren marcharse, si aquí hay trabajo?".

—No solo lo aborrecerán por eso. Ahora se estudia más, y tu generación no es tan tonta como la de tus padres o la mía. Ustedes entienden mejor lo que es don Gaspar.

—Un cacique.

—Lo peor de los seres humanos es que se crean grandes, porque entonces actúan de acuerdo con la grandeza que se imaginan que tienen, y como siempre se la imaginan muy, muy grande, enorme, acaban convirtiéndose en dictadores, falsos dioses, patriarcas, mesías... La familia de don Gaspar ha dominado este pueblo durante un siglo. Y es contra eso contra lo que luchas ahora.

—Vale, dame tú también ánimos. —Se sintió abatida.

—Hitler dijo que el nazismo duraría mil años, y no llegó ni a diez.

—¿Y eso qué significa?

—Que hay precedentes.

—¿Cómo sabes tantas cosas? —Se maravilló su nieta.

—Soy vieja, no tonta. Y aunque no tuve la suerte de estudiar, sí la tuve de leer, y mucho. Eso me salvó la vida. Todo está en los libros. Y no me refiero a los de conocimientos, los de la escuela, me refiero a las novelas, las historias que nos despiertan la imaginación y nos hacen sentir y vivir mientras nos cuentan cómo es la vida y el mundo en que vivimos.

—Desde luego, papá no ha salido a ti.

—No, salió a su padre. Y no digo que esto sea bueno o malo, que conste.

Siguió mojando el pan en la taza de chocolate, disfrutando, pasando de calorías y demás historias. Había en todo esto, el desayuno, el jardín, la mañana, el lugar, tanta sensación de paz que parecía como si el mundo real quedase muy lejos. Llevaba tantos días azotada por lo sucedido que refugiarse en aquella isla la tranquilizó más de lo que pudiera haber imaginado.

Estuvo a punto de no ir a ver a su abuela.

—Victoria, quiero contarte algo.

Rebañó la taza, golosa, aunque sabía que había más, de sobra, y que podía repetir si lo deseaba pese a que ya era un poco tarde.

—A mí me pasó una cosa parecida a la tuya cuando era un poco más joven que tú.

La miró como si acabase de decirle que el Sol daba vueltas alrededor de la Tierra.

—¿Cómo... dices?

—Nunca se lo he dicho a nadie, y me gustaría que tú tampoco lo hicieras, que fuera nuestro secreto.

Se le habían quitado las ganas de seguir tomando chocolate. Se quedó aplastada en la silla, mirando a su abuela de una forma...

—Abuela...

—Fue en la antigua casa, la de mis padres, cuando vivíamos en la ciudad. Tú no llegaste a conocerla, claro. Vivíamos en un quinto piso, y a los menores de edad no nos dejaban tomar el ascensor. —Lo recordaba sin dolor, con naturalidad—. Una noche entramos al edificio un desconocido y yo, y galante, dejó que pasara yo primero. No recuerdo ni su aspecto. No recuerdo nada de él. Pero el suceso sí, lo tengo grabado en mi mente. Subía por la escalera cuando me puso una mano por debajo de la falda y con la otra me sujetó el trasero.

—Qué fuerte...

—Durante dos, tres segundos, me quedé paralizada. Por eso, entiendo bien tu reacción. Para mí fue una eternidad. De pronto, arranqué a correr escaleras arriba y él lo hizo escaleras abajo, en un visto y no visto.

—¿No gritaste?

—No pude —manifestó su abuela—. Pero lo esencial no es esto. Lo esencial es que al llegar a nuestro piso no dije nada. Me lo callé. Por un lado, me daba vergüenza, y por el otro, temía que mi madre me reprendiera a mí. Lo oculté en el fondo de mi ser, y aunque pensé que ahí se quedaría, enterrado, para siempre, la verdad es que fue todo lo contrario: jamás me lo quité de la cabeza. Yo no tuve tu valor, cariño. Por eso, lo aprecio tanto y estoy tan orgullosa de ti, aunque esos idiotas no lo entiendan.

—¿Por qué temías que tu madre te reprendiera?

—Porque cuando yo era joven el sentido de la culpa, siempre la culpa, el pecado, imbuido por la religión, nos tenía más asustados que… Mi madre era de las severas, y más en estos temas y en aquellos tiempos. Recuerdo que un día no podía aguantar el pipí y me indicó que lo hiciera junto a unas matas del parque. Yo fui allí, me bajé la ropa interior y lo hice. Pues bien, a una buena distancia había unos niños jugando, y claro, miraron hacia mí. Era imposible que me vieran nada, por la falda y porque estaba agachada tanto como por la distancia, pero dio lo mismo. Mi madre se puso a gritarles, acusándolos de pervertidos, y no contenta con eso buscó a las madres de esos niños para decirles que sus hijos eran muy malos. ¡Y yo encima solo tenía siete u ocho años!

—Pero solo te tocó por detrás…

—Da lo mismo dónde te toquen, o el tiempo que dure ese tocamiento. Lo importante es el hecho en sí.

Te rompen la inocencia. Te manchan el cuerpo y el alma. Yo tenía trece años, dos menos que tú y uno más que Herminia. Nunca pude volver a subir aquella escalera sola, y aun yendo acompañada, ni mucho menos a oscuras. Mis padres creyeron siempre que le

tenía miedo a la oscuridad y la soledad, que era una niña asustadiza. No era así. Preferí la vergüenza de que se rieran de mí antes que contar la verdad, porque la otra vergüenza era aún mayor. Sin embargo, esto fue lo de menos. ¿Sabes qué fue más espantoso?

—No.

—Pues que eso afectó mis relaciones con tu abuelo años después, al casarme. —Había amargura en su voz—. Nunca pude dejar que me tocara por detrás, que me pusiera la mano en el trasero o... bueno, ya sabes. Es más, si me tocaba inesperadamente, en lugar de relajarme y entregarme a él, ceder como haría cualquiera, lo que hacía era enervarme, ponerme tiesa y agarrotada. Eso formaba parte del rechazo, por instinto. Mi vida íntima sufrió un freno. Y solo fue lo que te digo y durante dos o tres segundos. Imagínate que hubiera durado más aquel tocamiento o que hubiera sido algo peor, como una violación. A veces, he pensado que solo tuve un hijo debido a ello. Jamás me sentí abierta ni normal, libre y dispuesta a disfrutar del sexo. Entre eso y nuestra educación represiva... Pero no me sucedió solo a mí. Todas las mujeres que callan, sean niñas, sean adolescentes, lo hacen por ese sentimiento de vergüenza y culpa. Todas.

—No tenía ni idea, abuela —susurró Victoria.

—Lo sé, y por esa razón te lo he contado. No he sido la única a la que sucedió algo así, ni tú serás la última, pero puedo predicar con el ejemplo de lo mal que lo hice y el precio que pagué por eso. Da igual lo que digan esos ignorantes, el pueblo entero. Hiciste lo que debías. Tú podrás mirar a la cara siempre a los demás, y eso, cariño, es básico en la vida, te lo digo yo.

31

Luisa no ocultó la conmoción que sentía.

Se quedó en la puerta, igual que una estatua de sal, con los ojos muy abiertos; tal vez, incluso, pálida.

—¿Puedo hablar con Victoria? —le preguntó el aparecido sin irse por las ramas ni pretender actuar como una visita formal.

El padre Aniceto y ella eran dos entes antagónicos, dos productos de mundos divergentes. Existía el respeto, y poco más. En el pueblo todos conocían al cura, la "cabeza visible" de la Iglesia, como solía proclamar él mismo. Era una persona afable, y popular. Pero nunca hubiera imaginado tenerlo en su casa, ni siquiera en la hora del Juicio final.

—¿Para qué quiere verla? —preguntó ella.

—Por favor…

—No. —Se mantuvo firme en el quicio de la puerta—. Dígame para qué quiere verla.

—Hija… —A Luisa la molestó el tono condescendiente y no se lo ocultó. Su expresión se torció un poco más y eso hizo que el sacerdote vacilara un instante—. Solo intento arreglar esto, mediar… No sé, buscar la cordura en esta agitación. Sabes que cualquier intento en este sentido debe ser considerado.

—Lo único que cabe hacer en esta situación, padre, sabe muy bien qué es: que don Gaspar reconozca lo que hizo.

Se miraron a los ojos. No fue una pugna, fue una resistencia. Luego el cura desvió los suyos.

—Victoria —llamó.

Luisa volvió la cabeza. Su hija estaba allí, recién aparecida de la nada. La joven también miraba al visitante con la sorpresa y el desconcierto que merecía su presencia en la casa. Ramón dormía una siesta que necesitaba, y Herminia estaba en su habitación, estudiando.

—Quiere hablar contigo —le anunció la mujer.

—¿Para qué? —Ella se dirigió al padre Aniceto.

—Solo serán unos minutos, te lo prometo.

Hubo más miradas. De Victoria a su madre, indecisa, y de su madre al sacerdote, enervada. La rendición de la muchacha fue captada por los dos adultos en el instante en que sus hombros descendieron unos milímetros y bajó los párpados muy lentamente mientras emitía aquel prolongado suspiro.

Luisa le franqueó la puerta al cura. La cerró y tomó la iniciativa ante la inmovilidad de Victoria y del visitante. Se detuvo en la puerta de la sala y ni siquiera se molestó en entrar ella. Dejó que lo hicieran los dos. Victoria frunció el ceño al ver que su madre no iba a estar presente en la entrevista, pero no dijo nada.

La puerta se cerró.

Aunque sabía que estaría al otro lado.

El padre Aniceto entendió que era la oportunidad que buscaba. No la perdió. Lo mismo que al enfrentarse a la madre de la muchacha, fue directo al grano.

—He venido a pedirte que retires la denuncia.

—¿Yo?

—Tú y tus padres, aunque entiendo que es cosa tuya y que ellos harán lo que les digas.

—Aunque quisiera no podría. —Se sentía extraña delante del sacerdote, temía alzar la cabeza, mirarlo a los ojos. Era una desnudez anímica—. Esto ya es cosa de la Fiscalía de Menores.

—Hija. —El cura repitió el tratamiento que antes había molestado a su madre—. Todo es posible, y más si hay buena fe. Y de lo que se trata aquí es de que haya buena fe.

—¿Por parte de quién, padre?

—Por las dos.

—¿Lo envía don Gaspar?

—No.

—¿Y por qué hace esto?

—Para que nadie sufra por un error.

—¿Error de quién? —Quiso precisar Victoria.

—Vamos. —El sacerdote abrió las dos manos como debía hacer en el púlpito—. Tú estabas algo bebida, y tomaste un simple gesto de afecto por...

—¡Yo no había bebido! —Lo detuvo con su grito—. ¿Cuántas veces y en cuántos idiomas he de decirlo? ¡No tomé ni una gota de alcohol! ¡Él me tocó el pecho, me besó y luego me puso las manos en los muslos con una intención muy clara!

—¿Quieres hacer creer que don Gaspar pudo...? —Elevó las dos manos al cielo en un gesto de dolor.

—¡Sí!

—¿Y si malinterpretaste su cariño, su gesto paternal?

—¿Gesto paternal? ¿Llama gesto paternal a meterme la lengua en la boca intentando que yo abriera los labios?

El padre Aniceto cerró los ojos. La imagen debió ser demasiado fuerte para él. Se estremeció de forma casi imperceptible y volvió a abrirlos pausadamente.

Su tono, de pronto, se hizo benevolente.

—¿Quieres destruir a una familia cristiana con algo como esto?

—Así que ese es el punto, ¿verdad, padre? Que son cristianos. —Ya no le tenía miedo. Volvía a sentir aquella furia rebelde y rabiosa—. Ellos van a misa cada domingo, y dan dinero a la iglesia, y nosotros no.

—No, Victoria, ese no es el punto. Lo que trato de decirte es que esto no va a hacer ningún bien a nadie.

—¡No habrá ningún bien porque el mal ya está hecho! ¡Para mí fue... repugnante!, ¿entiende? ¡Fue asqueroso! ¿Acaso Dios no habló de justicia en alguna ocasión?

—¿Justicia, a qué precio?

—¡El precio lo estoy pagando yo, padre! —Se le puso delante, combativa, sin asustarla ni impresionarla ya la sotana—. Mírame, ¿cree que miento o que yo me he inventado semejante salvajada?

Sintió los ojos del hombre en los suyos. Y los sintió en su mente, en busca de una verdad que ya se le hacía evidente. Primero, el sacerdote sostuvo esa mirada. Después, aunque mantuvo la dirección, las pupilas perdieron brillo, se agotaron igual que una luz súbitamente falta de energía. Ya al final, Victoria percibió su derrota.

—Entonces perdona, hija. —Suspiró el cura—. Porque solo el perdón...

—¿Perdonar? —No pudo dar crédito a lo que oía—. ¡Ha echado a mi padre del trabajo! ¡Y antes quiso subirle el sueldo para taparle la boca! —se lo repitió alucinada—: ¿Perdonar? ¡Ese hombre es un cerdo, padre!

—No seas terca, recapacita.

—¡Ya lo hice, los dos días que tardé en decírselo a mis padres!

—Ahora mismo hay una manifestación de apoyo a don Gaspar frente a su casa, y en ella está más de medio pueblo —dijo el padre Aniceto—. ¿Te das cuenta de contra qué luchas y a qué te enfrentas? ¡No te hagas daño a ti misma ni se lo hagas a este pueblo, por Dios!

A Victoria se le doblaron las rodillas.

—¿Una... manifestación?

—¡Sí!

—¿Y eso significa que he de rendirme? —Sintió aquel escozor que ya conocía tan bien volviendo a sus ojos.

La conversación se vio interrumpida por la aparición de Luisa en la puerta. La abrió de golpe barriendo con un huracanado viento la estancia. Pero lo peor fue su voz restallando en ella igual que un flagelo.

—Váyase, por favor.

—Escuche...

—Ahora.

No hubo más.

El padre Aniceto miró a Victoria, pasó junto a su madre, y él mismo, sin necesidad de que le fuera mostrado el camino de regreso, alcanzó la puerta de la calle, la abrió y se marchó de la casa.

32

Se sentía prisionera en su propia habitación.

Un sábado por la tarde.

Estaba en casa un sábado por la tarde, y muy probablemente fuera el primero de una larga serie de sábados, y domingos, y cientos, miles de días en los que no se atrevería a salir a la calle.

O no podría salir.

La invadió el peor de los horrores.

Toda la impotencia se desparramaba por sus manos, su cabeza, su cuerpo, y la hacía desmenuzarse igual que si fuera de arena. Estaba segura de que el dolor daría paso a eso, a su desaparición, barrida por una simple corriente de aire. Ya no sentía el corazón. No sentía nada.

Y si se escapaba para no volver nunca...

No, entonces les daría la razón a ellos.

Ellos.

Era un término de lo más abstracto.

Su pueblo, su propia gente.

Era incapaz de poner música, leer, estudiar, concentrarse en algo, en lo que fuera. La visita del cura, como el anuncio de la gran manifestación de apoyo a don Gaspar, habían acabado con sus fuerzas. Por esa razón, agradeció que alguien llamara a su puerta, aunque solo podía tratarse de su madre, su padre o Herminia.

Era su hermana pequeña.

—¿Puedo pasar?

—Claro, tonta.

La niña entró y cerró la puerta sin hacer ruido. Llegó hasta la cama en la que Victoria estaba tumbada y se sentó en ella. Más que triste daba la impresión de sentirse… avergonzada.

—¿Qué te pasa? —Quiso saber su hermana mayor.

—Quería pedirte perdón —susurró ella.

—¿Por qué?

—Por lo de ayer, cuando llegué a casa gritando y me encerré en mi cuarto.

—Bueno, mamá entró a verte y me dijo después que estabas mejor, que solo te habías alterado un poco al ver los grafitis y todo eso.

—Es que… —No supo cómo explicarlo.

—No hace falta que digas nada, todos estamos alterados. —Quiso evitarle el mal trago Victoria.

—No, quiero soltarlo. —Se rebeló Herminia—. Cuando mis amigas empezaron a reírse, y a darse codazos, y a murmurar en voz baja… Yo no entendía nada, hasta que les pregunté de qué iba la cosa y me enseñaron uno de esos grafitis. Entonces… me sentí muy sola, ¿sabes? Ninguna de ellas se puso a mi lado hasta que me vieron llorar.

—Esto ha roto la monotonía del pueblo —murmuró Victoria—. Para muchos es un circo y ahora nosotros somos los payasos.

—¿Y don Gaspar qué es, el domador?

—No es mala idea. —Logró sonreír forzadamente.

Herminia se tumbó a su lado, como años atrás, cuando Victoria le leía cuentos y hacía de segunda madre.

Los días en que todavía jugaban juntas con sus muñecas.

—¿Qué vamos a hacer? —Exteriorizó todas sus angustias la pequeña.

La respuesta tardó en llegar.

—No lo sé.

—Cuando el juez te dé la razón aún se empeñarán en defenderlo.

Otro largo silencio.

—Victoria.

—¿Qué?

—¿Nadie te vio?

—No.

—Que tú no vieras a nadie, bueno. Pero ¿nadie te vio a ti?

—Ya sabes que a esa hora no hay nadie, y encima había partido en la tele.

—Tú echaste a correr. Puede que hubiera alguien en una ventana.

—¿Y qué?

—Si corrías es porque huías de algo —argumentó Herminia—. Y si alguien te vio haciéndolo desde donde paró el auto don Gaspar... Él ha dicho que te dejó cerca de tu casa, que no fue a esa parte que dices tú.

Victoria reflexionó acerca de las palabras de su hermana.

Tenían todo el sentido del mundo.

Había sido una larga carrera de cinco, seis o siete minutos, a la desesperada.

—Estaba muy asustada —susurró—. Incluso, por instinto, me ocultaba. Corría pegada a la pared. No quería que nadie me viera.

—Necesitamos un testigo.

Necesitaban un milagro, pero no se lo dijo.

De cualquier forma, Herminia estaba en lo cierto.

Intentó recordar aquellos minutos, su huida, y no pudo. Era una página en blanco. Lo último que recordaba era su lucha con el cinturón de seguridad del auto de don Gaspar, y luego sus pasos que resonaban en la noche despertando los ecos de las vacías calles, hasta su llegada a casa, la salvación.

—Victoria.

—No te rompas más la cabeza, ¿quieres?

—¿No oyes? ¿Qué son esas voces?

—¿Voces?

Su hermana tenía razón. De repente, escuchó el primer clamor, lejano, una espiral de cantos y gritos que reptaba por el aire y se esparcía más allá del eco que se diseminaba a su alrededor.

Las dos se pusieron de pie.

—¡Oh, no! —Tembló Victoria.

Herminia fue a la ventana.

—¡No la abras! —le pidió ella.

Las voces se acercaban.

La manifestación.

Después de solidarizarse con don Gaspar en su casa, acudían a la de su enemiga para repudiarla.

—Dios... —Se quedó sin aliento, hundida.

—¡Victoria, mira! —la llamó Herminia.

—¡No!

—¡Ven, sí, mira!

Su hermana no se contentaba con atisbar a través de las persianas. Abría la ventana de par en par pasando de su prohibición. Las voces subían por la calle, repitiendo una consigna, y otra, atronando ya el aire con su energía y los tambores con las que se acompañaban.

Herminia sonreía.

Radiante.

Victoria se acercó a la ventana, todavía sin comprender...

Cuando llegó hasta ella, lo primero que vio al asomarse abajo, con temor, fue a los manifestantes, sí.

Sus compañeros y compañeras de clase iban al frente.

Y detrás casi todo el colegio.

Le bastó con ver sus rostros, descubrir a Rosana y a Toni en primera línea, mucho antes que leer las pancartas hechas con cartones o grandes hojas de papel. Pancartas en las que había frases como "¡Justicia!", "Victoria inocente" o "Don Gaspar miente".

Sus compañeros prorrumpieron en aplausos al verla.

—¡No llores! —Escuchó con sorpresa la orden de Herminia, a su lado—. ¡Ahora no llores! ¡Sonríe, vamos! ¡Esto es extraordinario!

33

El zumbido del despertador le hizo abrir los ojos tan súbitamente que una parte de sí misma continuó dormida mientras la otra parte saltó de la cama y lo apagó para evitar que el sonido llegase hasta la habitación de sus padres. Se quedó sentada, recuperando la noción de la realidad, sintonizando sus dos mitades, hasta que recordó por qué había puesto la alarma a las dos de la madrugada.

Entonces se levantó, se vistió en silencio, con ropa oscura, entreabrió la puerta de su habitación para estar segura de que no había movimiento alguno por la casa y tras cerrarla de nuevo se dirigió a la ventana. No era la primera vez que se descolgaba por ella hasta la calle, tres metros más abajo.

El pueblo había vuelto a la normalidad bajo la noche. Todos dormían. Descansaban después de un día extraño. El día quizá más agitado de sus vidas. La invasión de los medios de comunicación que desembarcaban como aves de rapiña en mitad de la masacre ya era un hecho. Tal y como lo vaticinó Alejandra Soto. Aquella noche los informativos de las distintas cadenas habían dado la noticia de "la guerra civil" del pueblo, el enfrentamiento entre "la joven adolescente" y el "notable empresario y promotor". Ya no cabían los términos medios. Todos tenían una opinión. La adrenalina corría por las calles como el río en su último desbordamiento, unos años atrás.

Victoria se movió con naturalidad respirando el limpio aire de la noche. Llegó a su punto de encuentro y no tuvo que esperar más allá de dos minutos a que Rosana apareciera por el otro lado. Su amiga corrió hacia ella, la abrazó y se dieron un beso, como si hiciera muchos días que no se veían. Por la tarde apenas si habían podido intercambiar unas palabras. Fue cuando Victoria le propuso la escapada.

—Cuenta conmigo.

Y ahí estaba. Probablemente para nada.

Pero dispuestas las dos a luchar por su verdad.

—¿Vamos?

Echaron a andar una al lado de la otra. Sus tenis no levantaron el menor rumor. El único ruido procedía de sus corazones, y ese era propio.

—Gracias por lo de esta tarde —dijo Victoria.

—No ha sido nada, de verdad. Llamé a Toni y entre los dos movilizamos al resto, primero a los de nuestra clase, y después a los demás. Menos dos o tres, estaban todos, no sé si te fijaste.

—Me fijé.

—Creen en ti. —La miró para dar mayor convicción a sus palabras—. No pienses que se han apuntado a un bombardeo. La manifestación en apoyo de don Gaspar ha sido la gota que ha rebosado el vaso. ¡Malditos lameculos! Mati ha dicho que ni siquiera tú estás tan loca como para inventarte esta historia.

Victoria soltó un bufido.

Mati era toda una líder, había tenido un par de enfrentamientos con ella. Pero era legal.

—Esto se nos ha ido un poco de las manos, ¿verdad? —Suspiró abatida.

—¿Lo dices por lo de las televisiones?

—Sí —reconoció.

—Nunca hubiera imaginado que pudiera suceder algo así, que nos convirtiéramos en el centro de atención del país —dijo Rosana.

—Ni yo.

—Igual acabas siendo famosa.

—No querría serlo por esto.

—¿Has visto los informativos de la noche? —Su amiga mostró el desconcierto que la embargaba—. Parecían vampiros. Todas las cadenas en busca de alguien del pueblo a quién sacar, Tele 5, Antena 3, la nuestra, la Primera... —Imitó la voz de una imaginaria presentadora que decía—: Un pacífico pueblo se ha convertido estos días en el campo de batalla de una causa que sin duda ha despertado la atención... —chasqueó la lengua con fastidio y su enfado creció más y más—. ¿Has oído a esa mujer, la del estanco, que naturalmente tiene a su marido trabajando en la fábrica? ¡Ha dicho que basta con ver cómo vistes para darse cuenta de quién tiene razón! ¡La muy asquerosa! ¿Y ella qué, todo el día de negro, que parece un cuervo? ¡Es que me dan ganas de pegarle fuego...! ¡Y el cabrón del presidente de la provincia diciendo que don Gaspar es su amigo y que pone la mano en el fuego por él! ¡Qué asco!

—Mi padre casi ha tirado la tele por la ventana.

—¿Cómo puede decir eso y decantarse por él sin más ni más?

—Lo habrá llamado por teléfono y don Gaspar le habrá asegurado que es inocente.

—No creo. —Rosana fue categórica—. Le han puesto el micrófono en la boca y su respuesta ha sido rabiosa, tal y como lo venía, como si se tratara de un asunto personal. Y a ti menos mal que no pueden sacarte porque eres menor, que si no...

—Pues me gustaría tener la oportunidad de decir lo que pienso. —Victoria comprendió que eso hubiera sido pedir demasiado—. La mujer de la Fiscalía de Menores me dijo que a lo mejor esto era bueno, porque aquí la gente va a apoyar a don Gaspar, pero en el resto de España la simpatía recaerá de mi lado. La presión de la opinión pública es importante.

—El resto de España se olvidará de esto en dos días —manifestó Rosana—, así que a la hora de la verdad lo que cuenta es lo que pase aquí.

—Puede que lo que ha dicho el presidente de la provincia aun nos ayude. Ha sido eso que dicen

mis padres, una… "adhesión inquebrantable", como en los tiempos de Franco. Menos nuestra televisión, casi todas las demás le han sacado punta a sus palabras.

Dejaron de hablar, porque iban a una marcha muy rápida y comenzaban a jadear. La parte final era de ligera subida. Cuando llegaron a su destino, Victoria se encontró en el mismo lugar en el que seis días antes don Gaspar había detenido su auto con ella dentro. El almacén quedaba enfrente y las primeras casas a unos metros.

—Fue aquí —dijo.

—De acuerdo. —Rosana paseó una mirada a su alrededor—. Ahora intenta hacer el mismo camino de vuelta a tu casa.

—Bajé por allí.
—Vamos.

Desanduvieron lo andado. Paso a paso, despacio, comprobando todas las casas, las puertas, las ventanas, sobre todo Rosana, que iba a ser la encargada de investigar al día siguiente. La zona, de todas formas, no era la más habitada del pueblo, sino todo lo contrario. Hasta tres o cuatro calles más abajo lo que primaba eran los almacenes y una visibilidad muy escasa, rota de tanto en tanto por solitarias bombillas que colgaban de las alturas.

—No creo que nadie me viera. —Sintió el desfallecimiento ella.

—Tú no te preocupes, que mañana voy a llamar puerta por puerta.

—¿Y si son partidarios de don Gaspar?

No hubo respuesta y continuaron la marcha. En unos minutos más, alcanzaron los márgenes del casco urbano propiamente dicho, no lejos del centro. Victoria continuó directo a su casa.

—Aunque me vieran aquí, eso ya no significa nada. No creo que se dieran cuenta y aún menos de la hora o de si corría.

—No seas pesimista.

Llegaron de nuevo a su calle.

—¿Tú no recuerdas nada más?

—No.

—Vale —asintió Rosana.

—Hay algo que...

—¿Sí?

—Me da vueltas en la cabeza.

—¿Qué es?

—Alejandra Soto dijo que era raro que don Gaspar, a sus años, perdiera la cabeza como la perdió, solo por creer que yo iba a ser una presa fácil o algo así.

—¿Qué quieres decir?

—Según ella, un instinto como el suyo no aflora sin más.

—O sea que pudiste no ser la primera.

—Es lo que yo le dije, y ella me respondió que, de todas formas, eso no importaba ahora, porque de lo que se trataba era de probar mi caso. Pero yo no dejo de darle vueltas a esto.

—Las babosas dejan rastro —sugirió Rosana.

El reloj del campanario dio el toque de la media.

No había mucho más que decir.

—¿Te ayudo a trepar por la ventana? —propuso su amiga.

DOMINGO

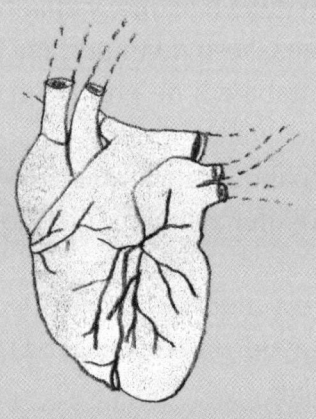

34

Despertar por la mañana era una suerte de golpe demoledor.

Abrir los ojos y chocar con la realidad.

Ningún deseo de levantarse.

Domingo...

Permaneció en cama mucho rato, envuelta en sus pensamientos, inundada de zozobras y con solo ligeros atisbos de serenidad. De vez en cuando se asía a las imágenes de la tarde anterior, cuando sus compañeros le mostraron aquella solidaridad que, con mucho, era lo mejor y más positivo de todo aquel lío.

No quería ser una heroína ni un ejemplo, pero una vez metida en la noria comprendía que ya no podía bajarse, y menos en marcha. Le habían dicho que se metería en algo espantoso, y era verdad. Más que espantoso: estremecedor.

Ella, Victoria, echándole un pulso al lobo.

Su madre acabó entrando a la habitación, intranquila por la hora.

—¿Estás bien?

Todo el mundo le preguntaba lo mismo. Era la frase que más se oía en las películas estadounidenses.

El joven acababa de darse a golpes con un ejército, tenía dos flechas, cuatro lanzas y cinco balas en el cuerpo, sangraba por todas partes, y alguien le preguntaba: "¿Estás bien?". Sonaba a chiste.

Y ahora le tocaba a ella.

—Sí, mamá —mintió.

—Vas a desayunar, ¿quieres?

No tenía hambre. Pero cualquiera le decía a su madre eso.

—No vayas a ponerte enferma, encima —insistió Luisa.

—Ahora voy.

Tuvo que hacer un enorme acopio de valor y energía para levantarse. Cuando lo hizo fue directo al cuarto de baño, y se pasó otros cinco minutos bajo la ducha. Sabía que su madre rondaba cerca, ojo y oído avizor, y no quiso forzar las cosas. Se vistió y fue a la cocina. Tenía el desayuno en la mesa y no era suficiente con decir que era ya muy tarde y luego no comería. La teoría de su madre era que el desayuno constituía el alimento más importante del día. Herminia estaba encerrada en su habitación.

—¿Y papá?

—Salió.

—¿Adónde?

—No sé. Salió. No va a quedarse encerrado en casa.

—Presentará demanda por despido improcedente, ¿no?

—No lo sé.

—¿Que no lo sabes?

—No creo que quiera volver a la fábrica.

—No se trata de volver, sino de que le paguen una buena cantidad.

—Don Gaspar no hará eso. Antes lo readmitirá, y entonces se dedicará a hacerle la vida imposible.

Victoria miró la taza de cereales con leche y recordó el chocolate de la abuela Joaquina la mañana anterior.

—¿Te das cuenta de que damos por sentado que don Gaspar seguirá en su puesto como si tal cosa?

Luisa captó su amargura.

—Pueden declararlo culpable sin que vaya a la cárcel —dijo—. Si te hubiera violado sería una falta grave, pero habiéndose quedado en lo que te hizo...

—¿Y la intención?

—No lo sé, hija —admitió su madre—. No tengo ni idea de cómo funciona la dichosa ley en este país ni en estos casos.

—Mamá...

Se quedó sin poder acabar la frase. El teléfono las interrumpió casi abruptamente. Los dos pegaron un respingo, pero la que reaccionó primero fue Victoria.

—No lo cojas —dijo Luisa.

—¿Y qué? ¿Vamos a estar incomunicados? —Se negó a hacerle caso.

—Si es una voz anónima, cuelga de inmediato, ni la escuches. —Fue tras ella.

Victoria descolgó el auricular.

—¿Sí?

La voz era anónima, desde luego, pero no hubo ningún insulto, ningún grito, nada salvo una respiración agitada y aquellas palabras.

—Hablen con Teresa Valbuena.

—¿Oiga?

—Hablen con Teresa Valbuena —repitió.

Voz de mujer, un susurro.

—¿Quién es...?

—Hablen con ella.

La llamada se cortó.

—Te lo dije. —Apretó las mandíbulas su madre.

—No me han insultado —dijo ella. Y la miró frunciendo el ceño—. ¿Quién es Teresa Valbuena?

—¿Por qué?

—Me dijo que hablemos.

Luisa pareció no entender de qué iba la cosa. Mantuvo el ceño fruncido hasta que reaccionó.

—Era la hija de la señora Julia, no creo que la recuerdes. Se fue del pueblo hace seis... no, siete años.

—¿Adónde?

—Su madre dijo que a la ciudad.

—¿Por qué me habrá dicho esa mujer que hablemos con ella?

—¿Y si se han equivocado?

—Mamá... —Victoria puso cara de evidencia.

—Todos se han vuelto locos. —La mujer movió la cabeza de un lado a otro—. Acaba de desayunar, va. Luego me ayudas.

—¿Qué hacía esa tal Teresa? —insistió Victoria.

—¿Qué querías que hiciese? Trabajaba en la fábrica, claro. Se empleó en ella nada más dejar el colegio.

—¿Era joven?

—Un año más que tú o puede que... Sí —hizo memoria—, tenía ya los diecisiete, porque tu hermana cumplía cinco el mismo mes que ella y recuerdo...

—¿Y guapa? —La interrumpió excitada.

—Mucho —admitió—. ¿Por qué?

—Mamá. —El corazón de Victoria latía con fuerza—. ¿Puedes preguntarle a su madre la dirección?

—¿Pero para qué quieres saberla? —insistió Luisa—. No ha vuelto a poner los pies en el pueblo desde que se marchó.

Los ojos de su hija titilaron.

—Precisamente por eso, mamá. Precisamente por eso.

35

Toni detuvo la moto en la calle, para esperar a que Victoria se bajara de ella, y luego la subió sobre la acera. Le colocó el candado. La calle era tranquila, o quizá la causa del escaso tráfico fuera la hora y el día. Un domingo lleno de perezas. No se arriesgaron a dejar los cascos unidos a la cadena de seguridad, se los llevaron con ellos. Si le sucedía algo a la máquina, el primo de Toni lo haría papilla. Bastante había hecho comprendiendo su urgencia y dejándosela. Amaba más a su moto que a su novia, lo decía él mismo.

—De acuerdo. —Suspiró la joven—. Allá vamos.

La casa era discreta, vieja, cinco plantas sin balcones, solo ventanas, y con la urgente necesidad de un arreglo que impidiera su mayor deterioro. La puerta exterior estaba abierta. Había ascensor pero se encontraba estropeado. Así lo anunciaba el cartel sujeto al camarín, en el mismo vestíbulo. Subieron al cuarto piso tras comprobar en los buzones que la dirección era la correcta.

El último gesto fue llamar al timbre y cruzar los dedos.

Era domingo, tenía todos los números para no estar en casa.

El rumor al otro lado les indicó que sí.

—¿Quién es?

—¿Teresa? —preguntó Victoria.

La puerta se abrió. La luz de la escalera era débil. La del recibidor también. La dueña del departamento se quedó mirándolos con una aprensión que se hizo mayor a medida que transcurrían los segundos. No era tonta. Probablemente había visto ya la televisión, la noticia en los informativos.

—Soy Victoria Mateos. —Apartó sus últimas dudas su visitante—. Y él es Toni, de la fonda.

Teresa Valbuena se vino abajo. Lo notaron. Fue una sensación gradual, pero que la alcanzó de lleno e impactó en todo su ser. Lo acusaron sus ojos crispándose; su cuerpo estremeciéndose; y su propia alma gimiendo en silencio mientras le restaba la capacidad de respirar. Casi pareció a punto de ahogarse. Reaccionó, se llevó una mano al pecho y soltó la bocanada de aire final al tiempo que devoraba otra llena de vida.

—¿Podemos hablar contigo? —preguntó Victoria.

—¿De... qué? —Vaciló naufragando en su resistencia.

—¿Podemos, por favor?

Les franqueó el paso. Bajó la cabeza y se apartó para que accedieran a su apartamento. Dejaron los cascos en el mismo recibidor, en una silla, el único mobiliario existente. Después desembocaron en una salita minúscula, con dos puertas, una que daba a la cocina y otra que daba a una habitación. La tercera puerta no existía, era una galería también muy pequeña, abierta sobre un patio de luces en el que las ventanas y las otras galerías se hallaban casi pegadas unas a otras. La sensación era de precariedad, escasos muebles, una progresiva nada que se hacía ostensible en cada ausencia más que en las pocas presencias que formaban parte del mundo de su dueña.

Teresa Valbuena no aparentaba su edad, veinticuatro años, parecía mayor, estar a punto de alcanzar la treintena. A ello contribuía su desarreglo. Pese a todo, conservaba su belleza, la mata de cabello negro y esponjoso, la intensidad de su mirada de ojos grises, la armónica línea de sus labios y el cuerpo grueso y firme que ni la simple bata con el que lo cubría conseguía confundir. El tono ajado más bien partía de la tristeza de su mirada y el sesgo general de su expresión.

—¿Quién les dijo donde encontrarme? —preguntó dejándose caer sobre una silla, sin siquiera invitarlos a hacer lo mismo.

—Tu madre —dijo Victoria.

—¿Y por qué…? —No acabó la nueva pregunta.

—Alguien me dijo esta mañana que hablara contigo.

—¿Quién?

—No lo sé. Una voz anónima.

—¿Anónima? —Vaciló—. Nadie supo...

—Alguien sí —convino Victoria.

Se sentaron frente a Teresa Valbuena, con la mesa de por medio. Una mesa pequeña, así que la proximidad era total. Bastaba extender una mano para tocar al de adelante. La mujer apenas si miraba a Toni. Centraba toda su atención en ella.

—Eres guapa —dijo.

—Gracias.

—Sabes a qué me refiero.

Victoria dejó transcurrir unos segundos, los justos para que Teresa acabara de acompasar su respiración y la realidad de su presencia allí fuera ya un hecho absoluto. Cuando volvió a hablar, lo hizo con deliberada cautela no exenta de firmeza.

—Te pasó también a ti, ¿verdad?

Hubo una última crispación, un temblor apenas perceptible en las pupilas y en la mano depositada sobre la mesa. Teresa Valbuena sostuvo aquella mirada quemando su resistencia final.

—Por favor —suplicó Victoria.

—¿Por qué crees...?

—Una llamada anónima, descubrir que te fuiste del pueblo y nunca has vuelto, que trabajabas en la fábrica, que eras joven y muy guapa... son demasiadas casualidades. Y alguien me dijo que don Gaspar tal vez no lo hubiera intentado conmigo por primera vez, que si había sido capaz de hacerlo muy bien podían existir antecedentes.

Otra pausa, camino de la rendición.

—¿Quieren agua? —Les ofreció.

—No —dijeron al unísono.

—Yo sí. —Se levantó para ir a la cocina.

Observaron su paso vacilante. La bata dejaba al descubierto unas piernas largas y bonitas. El pecho era perfecto. Le bastaba una ducha, un arreglo en su cabello, un poco de maquillaje para deshacer las ojeras y un vestido bonito para romper con aquella imagen desequilibrante. Pero en aquel momento todo eso daba la impresión de estar al otro lado del mundo, en la cara oculta de la Luna.

Regresó con un vaso de agua lleno, después de haber bebido otro, y lo situó delante de ella, a modo de muralla o punto de apoyo, porque se sujetó a él con ambas manos.

—Tenía diecisiete años —anunció por fin—. Me comía el mundo, ¿sabes? Incluso quería probar suerte como modelo. El pueblo se me quedaba pequeño. Pero no tuve más remedio que hacer lo que otras, emplearme en la fábrica, porque mi madre en esos días me necesitaba. Después de morir mi padre...

—¿Estabas en el procesado?

—Primero sí, como cualquier operaria, con la maldita mascarilla para no tragar el polvillo de las cerámicas, pero eso duró dos semanas. Don Gaspar me llevó a las oficinas en cuanto me vio o en cuanto supo que yo estaba allí. Luego me dijo que llevaba semanas observándome, que cuando me veía por el pueblo...

—Habla bien, ¿verdad? —Quiso serenarla Victoria.

—Oh, sí. —Lo manifestó sin énfasis alguno—. Es un hombre de mundo el gasparín.

Tampoco eso sonó alegre ni distendido.

—¿Se propasó?

Toni miró a Victoria. Demasiado precipitado. La chica se mordió el labio inferior. Delante de ambos, Teresa Valbuena volvió a beber un largo sorbo de agua. Vació el vaso en un tercio de su contenido.

—Me llenó la cabeza de sueños y pájaros —reconoció la joven—. Promesas, lo mucho que podía hacer por mí y, aunque no se lanzó a fondo, sí empezó con las caricias, los toqueteos, los roces... Me dijo que lo volvía loco, que no me arrepentiría, que muchas jóvenes estaban ya muy colocadas gracias a él.

—¿Muchas jóvenes?

—Sí.

—¿Dijo nombres?

—No.

—¿Y qué hiciste tú?

El nuevo sorbo de agua vació otro tercio del vaso.

—Una tarde me pidió un beso.

—¿Te lo pidió?

—Sí, me lo pidió —asintió Teresa—. Y yo... se lo di, o mejor dicho, dejé que me lo diera. Fue entonces cuando no pude más, sentí aquel asco... —Hizo un gesto de desagrado, como si todavía tuviera esa huella muy presente—. Quise apartarlo, le dije que no, y él se molestó. Se molestó mucho. —Quiso dejarlo bien sentado—. Me dijo que acabara lo que había empezado, que no volviera a ser una niña cuando ya era una mujer e... intentó desnudarme.

—¿Dónde sucedió eso?

—En su despacho.

—¿En su propio... despacho?

—Ya no había nadie. Estábamos solos.

—¿Te violó?

—Pensé que iba a hacerlo. Me tenía dominada y yo no me había sentido más indefensa ni desgraciada en la vida. Pero era joven y fuerte, así que logré rechazarlo, apartarlo, y le dije que gritaría si volvía a tocarme. Lejos de amedrentarse, lo que hizo fue actuar como un... —No encontró la palabra—. Me amenazó, me dijo que acabaría conmigo y con mi madre, que con él no se jugaba. También me aseguró que volvería arrastrándome a sus pies.

—Hijo de puta. —Suspiró Victoria.

—Me fui a mi casa, y al día siguiente me escapé. Llamé a mi madre desde aquí y le dije que no pensaba volver, que estaba bien, que trabajaría y le mandaría dinero. También le pedí que no llamara a la Guardia Civil, que no valía la pena. Me quedaban unos meses para la mayoría de edad. Mi madre lo entendió. Una semana después don Gaspar le dio un empleo a ella en la fábrica, como mujer de la limpieza.

—Dios...

—Tú no trabajabas en la fábrica —dijo Teresa.

—No.

—Puede que por eso hayas tenido las agallas que no tuve yo y que probablemente no hayan tenido ninguna de las otras.

—Trabajar o no en la fábrica es lo de menos —aseguró Victoria.

—Si tuvieras un sueldo que defender...

—Mi padre trabajaba en ella. Lo despidió.

Teresa Valbuena acabó su vaso de agua. Cada vez que tragaba el líquido era como si también intentase bajar una enorme pelota albergada en su garganta.

—¿Nos ayudarás? —preguntó Victoria.

—¿Qué quieres que haga?

—Que declares en el juicio.

—No.

Se lo dijo alto y claro, de forma taxativa.

—¿Por qué? —No pudo creerlo su visitante.

—Porque mi madre vive allí, y no quiero sumirla en toda esa mierda ni provocarle una mayor vergüenza. Y porque yo no soy tú. Solo quiero vivir en paz, que me dejen tranquila. A la mierda el pasado, ¿entiendes? No deseo volver a pasar por eso.

—¡Pero has de contárselo al juez! —Se excitó Victoria—. ¡Es un antecedente! ¡Eso prueba que es un mentiroso, que lo que intentó conmigo ya lo había hecho antes!

—Victoria. —La detuvo Teresa—. Yo no lo demandé, no pude. Te aplaudo, te respeto, pero eso no significa que me haya vuelto loca. ¡Aun declarando yo vete a saber si ganarías! Y si te soy sincera, ese hombre sigue dándome miedo. Sería capaz de enviar a alguien…

—Esto no es la mafia. —Intervino Toni por primera vez en la conversación.

—Es muy influyente, demasiado. Y está muy bien relacionado. Ya has oído lo que ha dicho el querido presidente de la provincia. —Casi escupió su nombre—. Pero lo esencial es que yo no puedo volver al pueblo y contarlo. Lo siento. No puedo, no puedo… —Dominó un primer derrame lacrimal—. He querido olvidarlo todo. En estos años, lo único que he querido ha sido olvidarlo todo…

—No podrás, y lo sabes —dijo Victoria—. Me apuesto lo que quieras a que no ha habido día en que no te hayas levantado sin eso en la mente, sin el olor de don Gaspar en la nariz o el sabor de su saliva en tu boca.

Teresa Valbuena rompió a llorar en silencio.

—Ayúdanos y ayúdate —le pidió Victoria.

Negó una vez, dos, tres, agitando la cabeza de lado a lado.

—No puedo… —gimió—. Lo siento… mucho… No puedo… No…

36

Aún no había anochecido cuando llegaron al pueblo procedentes de la capital de la provincia, pero las calles apenas si presentaban animación alguna. Una calma después de la tormenta o la isla ocasional del día más muerto de la semana. Los hombres abandonaban sus problemas congregados en los bares o en sus casas para ver el partido del Plus. Las mujeres desaparecían. Lo primero que hicieron fue llevarle la moto al primo de Toni y agradecerle su ayuda.

—Te la vas a ganar —le dijo a él—. Tus padres han estado liados todo el día y tú vas y te largas. Por lo visto tenían la fonda a reventar con la invasión de los bárbaros de Madrid.

Los bárbaros de Madrid, las televisiones y los medios de comunicación.

Ahora eran carnaza social.

Formaban parte del llamado "circo mediático".

—Será mejor que te vayas a la fonda —le aconsejó Victoria.

—Primero te dejaré en tu casa.

—Puedo ir sola, no seas tonto.

—Te acompaño —insistió.

Iniciaron la retirada.

—Ánimo, Victoria —le deseó el primo de Toni.

Ella volvió la cabeza.

—Gracias, Nacho.

El joven no dijo nada más. Asintió una sola vez con la cabeza y curvó las comisuras de los labios hacia arriba. Victoria y Toni emprendieron el camino hasta la casa de ella, de extremo a extremo del pueblo.

Quince minutos a buen paso.

Todavía no habían hablado de su visita a Teresa Valbuena, porque al salir de su casa, aturdidos y consternados, no tuvieron el menor deseo de comentar nada. Habían subido a la moto para hacer con luz diurna los setenta kilómetros hasta el pueblo. Ahora, en cambio, los ecos de su conversación revoloteaban con amargura en sus cabezas.

—Si le dices a esa mujer, la de la Fiscalía de Menores, lo que nos ha contado...

—No servirá de nada. —Calculó Victoria.

—Pueden obligarla a declarar.

—¿Quién, la Guardia Civil o los de la Fiscalía? No seas bruto, hombre. ¿Cómo van a obligar a alguien a hacer algo así?

—Se trata de un caso criminal.

—No, no es criminal —aseveró firme ella—. Y Teresa puede negarlo todo, así que estamos igual. Lleva siete años aterrorizada y no se da cuenta. Ahora sabemos que don Gaspar es más que un cerdo, y que yo no fui más que otra de su lista, pero eso no significa nada. Saberlo, por un lado, me tranquiliza, pero, por el otro, me enfurece más. Todas esas jóvenes...

—¿Cuántas han podido ser?

No tenía ninguna respuesta, así que no se la dio. La luz se hacía más y más difusa. Se cruzaron con algunas personas en la calle, pero en esta ocasión no hubo gritos, ni aspavientos, ni insultos. Todo lo más alguna mirada perdida, atravesada, siempre silenciosa.

—¿Y si habláramos con todas las mujeres que ahora tengan entre diecisiete y veintitantos años? —propuso Toni.

—¿Lo dices en serio?

—¡Hay que hacer algo, mierda! —Se enfureció.

Victoria lo cogió de la mano.

—Cálmate.

—¡Es alucinante, de pronto estás más tranquila que yo!

—No estoy tranquila, pero tampoco me hago ya ilusiones, no quiero volver a llorar ni a deprimirme. No queda tiempo de hacer nada, ¿entiendes? Como dijo Alejandra Soto, este es un caso que ha creado "alarma social", el juicio será ya mismo. Es lo preceptivo. No hay tiempo de buscar a otras candidatas ni creo que se pueda hacer más de lo que hemos hecho con Teresa. Odia a don Gaspar, pero tiene razón, su madre sigue estando aquí, y ella misma... ¿Sabes lo duro que sería venir y decir que estuvo a punto de caer en sus manos, que solo la salvó un atisbo final de decencia, aunque luego tuvo que escapar de su propio pueblo?

—No hizo nada de lo que tenga que avergonzarse.

—Ninguna lo ha hecho, pero como también dijo Alejandra, todas creemos que sí, y nos sometemos al peso de esa culpa maldita que nos aplasta. ¿Crees que es fácil admitir que un cerdo ha querido propasarse? En el fondo, es como gritar que estás buena y que despiertas las más bajas pasiones en los hombres. ¿Quién admite eso?

—Pero no puedo creer que todas callen, que solo tú hayas tenido el valor de decir "basta".

"Solo emerge entre el dos y el ocho por ciento de los casos".

La voz de Alejandra Soto aparecía regularmente por su cabeza.

Dejaron de hablar otra larga serie de minutos. Sus manos seguían unidas, fuertes. Era su punto de contacto con el alma del otro. Lo único que necesitaban. Cuando desembocaron en la calle de Victoria su paso decreció hasta detenerse a unos escasos metros de su portal.

Entonces se abrazaron.

—Gracias —susurró ella.

—No seas tonta.

—Sí, sí lo soy. —Lo estrechó aún más—. Me has acompañado a la ciudad, y estás a mi lado.

—¿Dónde quieres que esté?

—Te quiero.

—Y yo a ti.

Se besaron. No le importó que fuera en plena calle, y que en aquellos momentos se hubiera convertido en el personaje más controvertido del pueblo. Necesitaba aquel beso y no había dónde esconderse. Se ofreció, generosa, y recibió todo lo que deseaba.

Les costó dejarlo y separarse.

Rozaron sus labios por última vez...

—Llámame si hay alguna novedad —le pidió él.

—Hasta mañana.

—Te quiero.

—Te quiero.

Vio cómo se alejaba calle abajo, y hasta que desapareció en la esquina, después de agitar su mano por última vez, no entró a su casa. Abrió la puerta con su llave y aun antes de cerrarla apareció su madre a la carrera.

No le preguntó qué tal le había ido a ella.

—¡Rosana ha llamado varias veces! —le dijo—. ¡Encontró algo!

37

Se llamaba Carmen Conesa y no recordaba siquiera haberla visto por el pueblo. Veintidós años, aspecto vulgar, algo zafia, cabello enteramente teñido de amarillo limón y muy corto formando mechas, labios de color granate, pendientes enormes, un tatuaje asomando por la pierna, bajo la falda, y otro asomando entre el ombligo y el camino secreto de su sexo. Masticaba chicle con una determinación fiera y la miró como quien mira a un marciano recién bajado del espacio.

Victoria siguió algo cortada.

Rosana no.

—Cuéntaselo —le pidió a la rubia limón.

La chica se apoyó en la pared y se cruzó de brazos. Hablaban en la calle, junto a su puerta, que quedaba en el interior de un pequeño vestíbulo abierto al exterior. Había preferido bajar ella a que subieran sus dos visitantes, tal vez porque arriba estaban los padres y no quería hablar delante de ellos o tal vez por otras razones. Tampoco importaba mucho.

Rosana había cumplido.

Llamando puerta por puerta del recorrido hecho por su amiga en su escapada la noche del abuso.

—Bueno, mi novio y yo estábamos allí. —Carmen Conesa señaló la parte más oscura del vestíbulo—. Desde la calle no habrías podido vernos, aunque hubieras mirado, pero tampoco lo hiciste. Pasaste como un cohete.

—¿Me vieron bien?

—Claro. —Lo dijo con desenfado—. Fue casualidad. En el momento en que pasaste estábamos mirando hacia aquí. De pronto, te vimos, ¡zas! —Hizo un gesto expresivo con las manos denotando velocidad—. Pasaste tan rápido y tan a la carrera que me asomé, solo por curiosidad. Parecía que te estuviese persiguiendo una jauría. Ibas como loca.

—Ya sabes de qué huía.

—Sí, me he enterado. —Carmen Conesa arrugó la comisura izquierda de su labio—. Difícil, ¿no?

—¿Nos ayudarás? —preguntó Rosana.

La joven dejó de masticar. Continuó mirando fijamente a Victoria.

—A mí me hace eso un hombre y le corto las pelotas —declaró—. Y si no lo hago yo, mi novio le pone la cara al revés.

—Tú solo has de contar la verdad —insistió Rosana.

—¿Y qué prueba eso? —preguntó la testigo—. La vi pasar corriendo, sí, ¿y qué?

—Prueba que él no me dejó donde dijo, sino donde dije yo. Esto está más cerca del almacén que de mi casa. Y supongo que el juez no será estúpido. ¿Para qué iba a correr como una loca?

—Pero no prueba que él se propasara.

—No —admitió Victoria.

—Oye, ¿estás de nuestra parte o no? —Se enfadó Rosana.

—Yo pregunto —se limitó a decir la joven.

—Algo es algo —manifestó Victoria en tono conciliador.

—¿Y si creen que somos amigas y lo hago para salvarte el cuello?

—Podemos presentar testimonios que dirán que nunca habíamos hablado antes de ahora.

Hubo otra pausa, llena de miradas cruzadas. Carmen Conesa no apartaba los ojos de Victoria. El tono de sus pupilas era de ánimo. Pero todavía no se atrevía a claudicar. Era como si valorase algo en lo más profundo de su ser.

—¿Trabajas en la fábrica? —preguntó Victoria.

—No.

—¿Y tus padres, hermanos…?

—No.

—¿Tienes miedo?

Se encogió de hombros.

—En cuanto me case el mes que viene, me largo de aquí. Mi novio es de allí al lado. —Señaló hacia el pueblo más cercano siguiendo la carretera.

—Entonces, ¿declararás que me viste? Solo eso.

—Me encantaría joder a ese cabrón. —Asintió mientras continuaba valorando la propuesta.

—También puede declarar tu novio —propuso Rosana.

—Es que si lo hago yo, lo hará él, descuida.

—Carmen, por favor...

Su única esperanza. Débil, pero esperanza al fin y al cabo. Una vez fracasado su intento con Teresa Valbuena, Carmen Conesa era un maná caído del cielo. Lo más inesperado de un día que había comenzado con aquella llamada telefónica y había seguido con su viaje a la ciudad.

—Mis padres dicen que no me meta —comentó la rubia limón.

—¿Y haces caso de tus padres? —Se puso peleona Rosana.

—No. —Esbozó una sonrisa perversa—. Tampoco les gusta mi novio y paso. ¿Qué más quieren? ¡Si hasta me voy a casar por la Iglesia!

—Gracias. —Sonrió Victoria.

No pudo evitarlo. Se abrazó a Carmen Conesa. Y ella correspondió a su abrazo con la misma entrega. Por encima de su gesto emocionado, la voz de Rosana continuó todavía cargada de dudas.

—¿Eso significa que vas a declarar?

38

Llegó de nuevo a su casa agotada y con sentimientos contradictorios. Fracaso con Teresa Valbuena. Éxito con la inesperada testigo de su carrera una semana antes.

Una semana antes.

Toda su vida, su mundo, había cambiado en ese espacio de tiempo.

Igual que chasquear los dedos.

Ahora que volvía a estar sola, sin Toni primero y sin Rosana después, no dejaba de pensar en Teresa, en el peso de su silencio, lo que representaba para ella aquella carga. Intentó imaginarse a sí misma en idéntica situación, callada por fuerza, amargada, viviendo lejos de su casa, lejos de su mundo, y sola. Todo porque un cerdo había intentado propasarse. Todo porque una mujer, adolescente o joven, no podía ser guapa o llevar ropa acorde con sus gustos sin despertar la libido de los machitos.

Todo porque la integridad era algo difícil de mantener en un mundo carente de principios.

Empezaba a tener algo claro: iba a estudiar de firme. No le gustaba, pero era necesario. Se lo impondría como un reto personal. Y a testaruda no le ganaba nadie. Empezaba a darse cuenta de que solo con cultura podía enfrentarse una persona a la vida. La cultura daba recursos. Si no era una esponja, si no absorbía esa misma vida y se llenaba de ella, fracasaría como ser humano, máxime tras la experiencia por la que estaba atravesando. Después de todo, a lo mejor aquello le había sucedido por algo, para empujarla. El destino solía trazar caminos sesgados, en ocasiones sencillos y en ocasiones complejos. Pero caminos que conducían a un fin, fuera como fuera. Tal vez se hiciera abogada, para ser como Alejandra Soto y ayudar a que otras jóvenes no vieran su vida hundida, como la tenía Teresa Valbuena. Para que a ninguna le sucediera lo que a su abuela.

Aunque perdiera el caso, tendría la energía necesaria para continuar, sin hundirse, sin venirse abajo y claudicar, porque eso era lo que los don Gaspar del mundo pretendían.

Siempre habría jóvenes ignorantes que cederían o callarían.

Así que se necesitaban personas capaces de ayudarlas a no ceder y a no callar.

Rosana había cumplido encontrando a Carmen Conesa. Y tenía a Toni. Amistad y amor. ¿Qué se necesitaba?

Sí, lo supo nada más llegar a su casa.

Una familia.

Un padre, una madre, una hermana...

—¿Qué ha dicho esa joven? —le preguntó sin ocultar su punto de ansiedad Luisa.

Se dejó caer en una de las butacas. Ellos estaban de pie, los tres.

—Que declarará.

—¡Oh, Dios! —Su madre se llevó una mano a la boca.

—Mamá —quiso aclararlo—, seamos realistas. Me vio pasar corriendo y nada más. Por supuesto que eso prueba de dónde venía, que él no me dejó en el lugar que dijo, pero no demuestra que intentara abusar de mí.

—Pero algo es algo.

—Es más de lo que tenía hace una hora.

—¿Y Teresa Valbuena seguro que no...? —Todavía quiso insistir su padre.

Victoria negó con la cabeza.

—Pero se lo dirás a la señorita Soto.

—Sí, eso sí, aunque no creo que sirva de nada. Son siete años de miedo. Le ha formado una costra bajo la cual se ha escondido.

—Es una cobarde —dijo Herminia.

—No digas eso —desgranó paciente su hermana—. No puedo culparla por callar.

—Pues yo no lo entiendo. —Continuó mostrando su enfado.

Su padre y su madre intercambiaron una mirada. Fue un punto de inflexión en la charla. Los dos se sentaron en sendas sillas, junto a la mesa del comedor. La única que permaneció de pie fue

Herminia. Victoria comprendió que tenían algo que decirle. Algo que debía haber sucedido en la última hora, desde que se fue a buscar a Rosana para ir juntas a casa de Carmen Conesa.

—Llamó el abogado de don Gaspar. —Tomó de nuevo la iniciativa Luisa—. Muy amable y condescendiente, por cierto —lo dijo con un toque de ironía—. Dijo que don Gaspar no quiere arrastrar al pueblo a la división y la confrontación, que hemos de recuperar la paz perdida, porque somos gentes de bien, que es magnánimo y generoso y, además, imagina que tú debes estar pasándolo muy mal, así que... está dispuesto a pactar.

—¿Pactar, qué? —Se encrestó Victoria.

—Tú retiras la denuncia, alegas que todo fue un malentendido, él también se retracta acerca de que ibas bebida, porque entiende que eso te preocupa en especial, y a partir de aquí... tu padre vuelve al trabajo respetándole el ascenso y la subida de sueldo, y a ti te da una indemnización sustanciosa para acabar de... tranquilizarte.

—¿Y qué le dijeron?

—¿Qué quieres hacer tú?

—¿Papá?

Se hundió en los ojos de su padre. Como en un colchón al que hubiera caído desde las alturas. Se dio cuenta de que estaba más viejo, cinco años perdidos en cinco días. Y, sin embargo, también se dio cuenta de que era diferente, otra persona, más firme y entero, revestido de una fuerza mantenida en las profundidades de su ser pero visible a sus ojos.

—Nosotros ya hemos tomado una decisión, hija. Pero la esencial es la tuya —dijo el cabeza de familia.

—¡Él lo hizo!

—Entonces... no hay nada de qué hablar.

—¡Si nos ofrece esto es porque teme perder, no está seguro de ganar! —insistió Victoria.

—Es posible.

—¡Intenta salvar su reputación! —gritó ella—. ¿Y la mía?

Esperaban su decisión.

Y la tomó.

—¡Quiero que se sepa la verdad! ¡No quiero que nos compre!

—Es lo que imaginábamos. —Suspiró su madre con sencillez—. Lo mandamos a cierta parte. Por nuestra cuenta, por supuesto —se lo aclaró—. Le hemos dicho que de todas formas la última palabra era tuya.

—Pues ya la tienen.

—Parecemos los tres mosqueteros —dijo Herminia—, que también eran cuatro, como nosotros.

—¿Lo llamamos para decirle que no hay trato? —preguntó Luisa—. El plazo se acaba a medianoche.

—¿Y gastar una llamada de teléfono? —dijo Ramón Mateos—. Ni hablar. Y, además, que suden un poco.

EL DÍA DEL JUICIO

39

Se puso una blusa, *jeans,* tenis...

Se lo quitó todo y se puso una camisa, falda, zapatos...

Volvió a quitárselo todo.

No iba a una boda, pero tampoco al colegio. Iba a una vista judicial.

¿Cómo se esperaba que fuera la demandante en una causa de abuso?

Ella era "la menor".

Se miró en el espejo, con brasier y pantis, tan indecisa como asustada.

Volvería a ver a don Gaspar.

Él estaría allí, sentado, destilando poder, mientras que ella, la agredida, tal vez se sentase amedrentada, asustada. Alejandra Soto le había dicho que se preparara, que, por encima de todo, tendría que ser mentalmente fuerte, muy fuerte, porque ellos dispararían con balas.

Los partidarios de don Gaspar con sus pancartas, sus compañeros con las suyas. Padres e hijos. La muy real villa continuaba rota.

En el resto de España ya habían bautizado el caso con el nombre del pueblo.

Formaban parte de la crónica negra.

—Victoria, ¿ya estás? —Oyó la voz de su madre al otro lado de la puerta.

—No.

Luisa la abrió.

—¿Qué te pasa?

—No sé qué ponerme.

—Ir normal.

—¿Y qué es ir normal, mamá? —murmuró sin fuerzas.

Su madre señaló la cama, donde había ido dejando lo que se quitaba.

—Esa blusa, la falda, y esos tenis.

—¿Por qué?

—Porque la blusa te sienta bien, porque la falda te hace muy bonita y tienes unas piernas preciosas y porque los tenis te hacen ser lo que eres: una adolescente.

—¿En serio? —Consiguió sonreír.

—He visto muchas series de abogados en televisión. Ya sabes que me encantan.

Su madre se retiró. Volvió a mirarse en el espejo. La mujer que tenía delante, aunque los demás siguieran viéndola como una niña, había jurado no rendirse nunca. Optó por hacer lo que acababa de decirle. La mezcla era un tanto extraña pero… pasó

de todo. Lo último que agarró fue su chaqueta y, con ella en la mano, abandonó el refugio de su habitación.

Sonó el teléfono, y casi al momento escuchó la voz de su padre.

—¿Diga? —Una pausa, luego—: Sí, señor González, claro...

Fue a la cocina. Su madre apuraba un café más. El aroma era penetrante. Ella sí parecía que iba a una boda, pero no se lo dijo. Llegó a su lado y la besó en la mejilla. La mujer agradeció el detalle.

—Estás muy bien —le aseguró.

—¿Y si me llevo la ropa que llevaba ese día?

—No creo que sea necesaria. Te lo habría dicho la señorita Soto. Ya sabes que lo esencial no es cómo fueras vestida, sino lo que él hizo.

—No sé, se me ha ocurrido de improviso.

—¿Nerviosa?

—Sí. —Lo reconoció.

—Yo no he pegado ojo en toda la noche. En cambio tu padre...

—Parece el más tranquilo.

—Sí —admitió Luisa—. Y me resulta maravilloso.

Ramón Mateos continuaba hablando por teléfono. Su voz llegaba hasta ellas, aunque no con claridad como para entender de qué hablaba.

—Escucha, Victoria. —Su madre dejó la taza de café sobre el mármol de la cocina—. Por duro que sea...

—Lo sé, mamá.

—Ya sé que lo sabes, pero una vez allí… Ellos intentarán dejarte como una mentirosa, hacer ver que eres una desvergonzada…

—Una cualquiera.

—No digas eso. —Hizo un gesto de disgusto.

—Yo lo resistiré si ustedes lo resisten, ¿bueno?

—Vale. —Aceptó su madre con un suspiro.

—¿Nos vamos?

—Cuando tu padre… Ah, creo que ya ha terminado.

Se lo encontraron todavía junto al teléfono, muy quieto, de pie. Volvió la cabeza hacia ellas al oírlas entrar a la sala. Entonces se les quedó mirando con un destello de ánimo en los ojos.

Y aquellos cinco años de más desapareciendo de su semblante como si estuvieran siendo absorbidos por una fuerza desconocida y mágica.

—¿Quién era? —preguntó su mujer.

—Pedro González.

—¿Y qué quería?

—Hablé ayer con él, le conté todo lo que estábamos pasando. Bueno, me lo preguntó, no es que yo le diera la paliza. Me dijo que había seguido todo el tema, que nos aplaudía por plantarle cara a don Gaspar, que ya era hora de que alguien se atreviera a quitarle la careta y que este podía ser el fin de su silenciosa opresión sobre el pueblo.

—¿Y para qué te ha llamado ahora?

Ramón Mateos exhibió una sonrisa de plácida satisfacción.

Se tomó su tiempo antes de anunciar:

—Me ha ofrecido trabajo. Dice que puedo empezar cuando quiera, y ganando lo que don Gaspar iba a darme cuando me subió el sueldo.

—¡Ramón!

—¡Papá!

Se le echaron encima las dos abrazándolo, estrujándolo como dos locas.

Cuando Herminia entró a la estancia se los encontró así a los tres.

—¿Y ahora qué pasa? —preguntó asustada.

40

Todo estaba a punto de empezar.

En el exterior, los gritos, las pancartas. En el interior, el silencio, la solemnidad.

Victoria volvió la cabeza. Ahí estaban Rosana y Toni, Carmen Conesa y su novio. Al otro lado don Gaspar, su mujer, sus hijos e hijas, sus nietos y nietas mayores, su abogado.

Era curioso.

Creía que le tendría miedo, y ya no era así.

Todavía perduraba el asco, pero era menor. Le tocó el pecho, sí, y los muslos, sí, y la besó de una manera horrible, sí, pero... ya había ganado. Y dos veces. La noche del domingo, cuando quiso abusar de ella y no lo consiguió, y ahora, frente a la ley.

Era libre.

Se sentía libre.

Dispuesta a luchar, ganar o perder, pero sin renunciar a su dignidad.

Alejandra Soto examinaba sus papeles.

Su padre, su madre y Herminia quedaban algo empequeñecidos frente a la tormenta.

Pronto aparecería el juez.

Pronto...

Fue algo extraño. Sintió el zarpazo en su espalda, y la llamarada en su mente. Un sexto sentido le disparó aquella alarma y la hizo estremecer. Casi temió volver de nuevo la cabeza.

Pero lo hizo.

Y entonces la vio.

Acababa de entrar a la sala, y ella también la miraba. Lo hacía a través de unas gafas oscuras que se quitó en aquel momento. Arreglada, sin la bata del día que la conoció, someramente maquillada, vistiendo con naturalidad y cierto toque de elegancia, era sin duda una mujer hermosa. Una mujer que obligaba a ser mirada y admirada. Una mujer que parecía haber dado un gran salto sobre el abismo para recuperar la dignidad con la que ahora se envolvía.

Victoria se quedó sin aliento.

Hasta que Teresa Valbuena le hizo un gesto, uno solo.

Asintió con la cabeza.

Victoria notó el escozor de las lágrimas en sus ojos. Deseó gritar, pero se contuvo. Deseó echar a correr, para besar a Toni, para abrazar a sus padres, pero se contuvo. Y sin saber exactamente el motivo, recordó una frase del libro de texto de Literatura. Una frase de Hamlet. Una frase muy simple.

"Lo demás es silencio".

Por primera vez supo a qué se refería.